TITLE:	**Dictated Medium: A Weird Tale of Noose Exorcism**

About:

The youth discovered shockingly hidden secrets of his homeland from his aunt's suicide by hanging. After immersing himself in the hereditary destiny, he struggled to escape but fell into a greater tragedy little by little.

Author:	Tzu-Yun,Hung
Illustrator:	
14.8 **x** 21 **cm/** 226 **pages, Published in 2018.03**	
ISBN:	9789864452514
Contact:	Irene Cheng (Manager)
E-mail:	irene@showwe.tw

送肉粽畸譚

縛乩

千晴 著

目次

登場人物族譜

○ 男性
● 女性

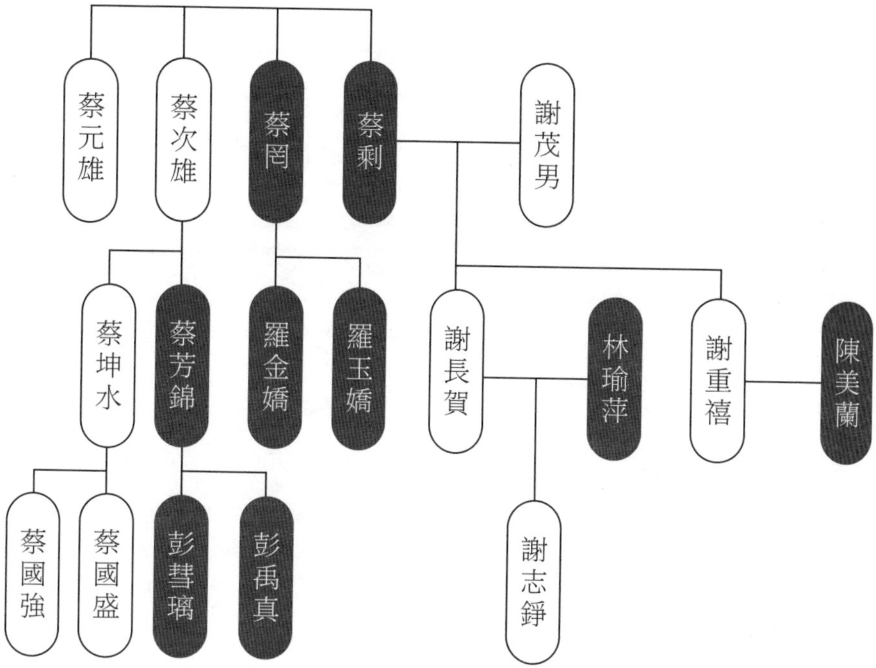
蔡元雄
蔡次雄
蔡罔
蔡剩
謝茂男
蔡坤水
蔡芳錦
羅金嬌
羅玉嬌
謝長賀
林瑜萍
謝重禧
陳美蘭
蔡國強
蔡國盛
彭彗璃
彭禹真
謝志錚

【名家推薦】

這不是靈．魂的天意，而是註定的戰爭。

——李亞臻（新秀女演員，出演二〇一八夏末上映國片《粽邪》主要角色）

這部作品具有相當程度的企圖心：無論於描寫喪葬儀式、鎮煞法器或除煞過程等各層面，都展現出作者細察民間信仰及宮廟文化之豐厚的能力，其故事加以令人驚懼的家族傳說，將使讀者如臨噩魘之境。

——舟動（台灣推理作家協會首獎得主，著有長篇推理小說《慧能的柴刀》、《跛鶴的羽翼》）

這本書就像在悠哉的午後，以不疾不徐的步調在岸邊漫步。細膩又自然地帶出細微的線索，一齣日常加上流傳下來的傳統儀式，慢慢道出藏在傳說背後無人知曉的故事。這故事不過於恐怖，反倒洋溢著生命的熱情，或許正是如此，當回味故事劇情時，心中總有寒顫——人心的恐怖才是最徹底的。」

——色之羊予沁（GL與恐怖小說的創作與愛好者）

趁著連續假期，將千晴的小說看完。沒想到現在還陷在書中的情緒裡，無法掙脫——真是個難得的閱讀體驗。

關於送肉粽，有在接觸民俗的人應該可以猜得到，這並非是與端午節肉粽有關的儀式。根據《台灣鬼仔古》的介紹，送肉粽，原名送吊煞，是彰化沿海一帶的民俗儀式。在台灣民俗的看法裡，上吊輕生的亡魂怨氣重，無法投胎，只能在人間徘迴、受盡折磨。因此地方廟宇會舉辦法會、儀式，把帶有煞氣的上吊繩索帶去陰陽交界處——海邊，燒掉、驅煞，引導亡魂出海，維持境內的安寧。

而這本《縛乩：送肉粽畸譚》小說，正是從主角的姑姑上吊開始。主角在接到小時候與自己很親的姑姑上吊的消息，說什麼也要趕回到位在彰化海邊的老家，看姑姑最後一面。然而主角在回到老家，這才發現姑姑的死好像並不如家人所說的單純……

故事主軸環繞在送肉粽的儀式與地方信仰的衝突上，將送肉粽儀式的元素，彼此相扣，巧妙地營造出一個詭譎、驚悚的氣氛。有種自己在看日本推理小說常見的鄉野怪談類型。驚悚、不祥感隨著劇情慢慢地渲染開。

然而與鄉野怪談不同的是，裡頭沒有明確的對與錯，端看你站在何種角度。看到最後一刻，現實、幻想、家族、自由間的衝突，全壓在胸口，沉悶感久久無法化開。尤其是回想起這群角色之前的對話，一股糾結感頓時爬上了身。

儘管在這篇小說裡，彰化濱海村落與祭祀定海夫人的靈鸞宮皆是虛構的。但是與有些只冠上臺灣地名的作品不同，藉由作者字裡行間的細膩敘述，一股臺灣濱海的味道彷彿就要躍出故事。海邊、冰店、連鎖飲料店、葬禮以及鑼鼓喧騰的民俗儀式環繞，而穿梭其中的角色們，他們生活般的一舉一動，無不勾勒出你我熟悉的世界。

沒錯，這確實是專屬於臺灣的神異氛圍。

整體來說，我個人相當享受《縛乩：送肉粽畸譚》的故事。裡頭細膩地描寫台灣民俗儀式與濱海村落的現代面貌，也推薦給喜歡相關題材的大家去看！

——天野翔（臺北地方異聞工作室／台大奇幻社成員）

上吊

鞭炮劈哩啪啦震得耳膜發痛，從一個巷頭到另一條巷尾響個不停，沒有燈火打攪的夜空中高舉一支黑令旗，黑旗下領著赭紅的神轎，被扛轎人的小跑步顛得一簸一簸。

汗水的酸味與熱氣包圍著，隊伍中幾乎是穿汗衫、披毛巾的男人，越過他們赤膊的胳臂間，一路看到的無論門窗，只要有孔洞的地方都密密麻麻貼著黃符紙，店家門前橫擋著竹掃帚，即使這樣層層防阻，夾在鞭炮聲中的鑼鼓哀鳴還是穿透途中戶戶家家。

眼前跳動著紅，不時夾雜銀光閃動，在裸露出紅緞外的肌膚劃出一道又一道更為暗沉的紅線，活生生地汩泌，直把眼睛揪著，看得紅線越來越花，彷彿眼球被血紅五花大綁。

淡淡腥味中漸漸瀰散越來越濃的潮氣，遠遠聽到轟轟濤聲，忽地一個急轉出柏油路，腳步沉入灘地，四周不住打地的草蓆激起漫天砂塵，霧煙中燃起熊熊烈火，燻得眼睛發酸，淚光中，一件無人的紅衣在火光前翻飛，然後被烈焰吞噬。

遠遠地，我看到她，火光映照出艷紅合身的上衣，如同古裝劇會看到的斜襟，滾上華麗的繡邊，開叉的衣襬下是隨海風翻飛的黑百褶裙，還有裙下白皙光滑的腿。

心跳很快，視線不由自主被拉向她的臉，呼吸也跟著困難。

輕嘛的唇是淺橙色，小巧的右耳後方斜挽髮髻，光亮茂密的瀏海下，帶笑的狐狸眼對我一眨。

我忽然意會到，她是站在海上的。

我睜開眼睛，發覺眼瞼間黏得不像話，蠻力揉掉結痂的眼油，硬吞口水下乾涸的喉嚨後，耳邊鮮明出現嗡嗡不斷的引擎聲，隱約聽到汽車前座的細聲交談。

「小姑果然還是……這樣了。」

「嗯，重禧說她從阿爸過世後，狀況又越來越差，大概……也算解脫吧？」

「重禧和弟妹也辛苦很久了。」

「嗯……」

抬頭看到漆黑車窗外不斷後退的反光地標，小時候老覺得像一排發光的粽子擺在地上，粽子之間含糊映照出我狼狽的面孔，睡歪的黑髮，浮腫卻警戒的眼睛，怎麼看都沉穩不起來的尖下巴，來不及換下的卡其制服領子沒有翻好，裡面的白T恤似乎被剛才的夢汗溼，但我現在一點都想不起來夢到了什麼。

也許，是一個我在流淚的夢。

昨晚我沒有哭，聽到消息是在晚上剛過八點，我被媽媽叫出去吃水果，端著鳳梨進客廳，電視機裡的加油棒和汽笛聲忽然斷掉。

「你說妹妹嗎？」

媽媽還在廚房，家裡沒有其他人，爸爸只可能是在講電話。

「什麼時候的事？……她在醫院嗎？……警察！……喔……喔……所以她還要停在那邊多久？……等把家裡收拾好嗎？就像阿爸那時一樣，先把小沙發和桌子搬到後面就好了，趕快讓她回家比較重要，也要先聯絡那個……上次阿爸那間叫什麼來著？」

我站在桌邊，遲遲沒有把盤子放下去，只有心隨著爸爸單方面的話越來越沉，不願用猜想補完電話另一頭的內容。

爸爸掛上手機，抬頭看到呆站的我，接觸到的視線立刻往下滑，客廳裡異樣沉默，直到背後傳來媽媽的拖鞋聲。

「長賀，你剛剛是在跟誰講電話？」媽媽的語調一點都不帶好奇，單純閒著也是閒著而做的的喉嚨運動。

「欸……」爸爸為難似地抓抓他的平頭，「是重禧打來，他說宜春今天清早……上吊了。」

瞬間化為具體的壞念頭重擊心口，直到這一刻我才發現自己有多久沒有想起姑姑。

爸爸家裡有三兄妹，他是唯一北上打拚的，叔叔、嬸嬸和沒有結婚的姑姑一直都住在老家，其實在我上小學前，我們一家三口也都還住在老家，那時候還有阿公在，把兩層樓的老房子塞得很熱鬧。

小時候我常常和姑姑一起玩，街道上並不是沒有其他小朋友，我特別跟隔壁年齡相當的阿瑋很要好，但每到下雨天或者是阿公沒空在門口看著我的時候，我就只能待在屋子裡跟姑姑玩。

姑姑懂很多稀奇古怪的玩意，光是最普通的摺紙就有十幾種變化，我們常常用廣告單摺紙飛機，從房間的窗戶挑戰飛到隔壁屋頂，我的飛機總是半途掉在一樓遮雨棚上，最好的一次也是迎頭撞上對面玻璃窗，姑姑倒是常常能把飛機送上隔壁的二樓頂，其他像是東西南北恰北北、糖果紙娃娃、荔枝皮氣球……後來上小學後，我發現沒有幾個同學玩過這些遊戲。

不過我最喜歡的還是聽姑姑講故事，應該是工作的關係，姑姑差不多已經環遊世界，遇上許多不可思議的趣事，可惜現在我還能回想起的都只有片段，譬如她尤其愛講金閣寺隱居的高僧怎麼用傳音入密指引她走湖下密道潛入寺中、金門大橋的路燈明暗如何暗示隔天華爾街大盤走勢……嗯，現在來看顯然都是騙小孩的。

有的時候我只是趴在姑姑的床上畫畫，而姑姑就坐在書桌前看書，通常是英文讀物，每當她長長的黑髮遮住側臉，只露出白皙的鼻尖，我總是會幻想髮絲後面的人會不會在我不注意的時候偷偷換掉？常常想得自己都覺得害怕了，一個人在床上越縮越角落，試圖用枕頭與棉被製造堡壘，而姑姑總是會注意到我的行動，用雙掌掩住臉，轉頭湊過來，然後在我快要哭出來前一瞬間亮出熟悉的面孔，大笑說：「躲貓貓……找到了！」

這樣充滿光亮與溫暖的人，是什麼時候開始需要「解脫」呢？

最後一次見到姑姑，應該是在阿公的喪禮，那時候我剛升國中，所以是四年前左右，未出嫁的姑姑披著麻背心，從布鞋到尖兜帽一身素白，兜帽兩旁垂下又直又亮的黑髮，不合時宜地充滿生命力，襯得她蒼白的臉更加細瘦，遠比回憶嬌小的身形在人群中顯得無依無靠，雙眼茫然凝在虛空中某個點。

是不是在那個時候，姑姑已經被什麼困擾著，不得解脫？但在我回老家的一天半中，卻沒有跟姑姑說上一句話，雖然是因為姑姑大部分的時間都把自己關在房間裡，連吃飯都不出來餐廳一起吃，但我還是對自己的麻木遲鈍，感到懊悔不已。

姑姑要趕在後天下葬，據說是叔叔和禮儀社討論後決定，得到消息後，爸媽馬上你一言我一語討論著要怎麼回中部老家，他們很快決定明天先把工作上的事情處理好，晚上再開夜車南下。

「志錚，明晚媽就不煮了，你週末先自己解決。」媽媽忽然拋出的話讓我一愣。

「我不用回去嗎？」

爸爸皺眉，稍帶強硬地回答：「後天是星期五，你要上課。」

「但這是姑姑的最後一次！」話說出口，我的聲量連自己都有點嚇到，但我還是繼續說，「這種場合做姪子的沒有理由不參加吧？何況小時候姑姑也很照顧我，她又沒有自己的小孩……」

「就讓他去吧！」媽媽柔聲對爸爸說，「志錚說得也沒錯，他從小跟宜春最親，不去送姑姑一程也說不過去，宜春也會掛念他吧？」

爸爸把眉毛皺得更緊，老實說他平時很隨興，考卷帶回來蓋章也從來沒有聽他唸過一句，所以這次的堅持讓我覺得很不尋常。

「沒上到的課，我可以跟同學借筆記，甚至當天晚上就可以打電話問同學作業，但姑姑的事就剩下這一次了，我還是……」

「好啦。」爸爸打斷我，「要去就去，別那麼多廢話。」

於是，我在夜晚的高速公路上，向中部濱海疾駛。

老家是在靠海的鄉下地方，但我們家住在鎮上，之前過年回去也都是海風刺骨的寒冬，所以我還沒有真的去過那裡的海邊，不過畢竟是在西岸，可以想像應該是平凡無奇的黑沙灘，搭上荒遼的漁港與蚵田，和幾間停滿遊覽車的海產店。

至少海邊還算是偶爾會聽說有人去觀光的景點，老家那邊就真的是完全叫不出特色的街道，一整排長相差不多的白磁磚二層街屋中，有一棟是從阿公阿嬤剛結婚不久就搬進去的老家，一樓面對馬路是有落地紗門的客廳，爸爸的車在晚上十點整停在門前時，亮著小燈的客廳裡見到一個瘦長的人影。

「大哥！大嫂！」重禧叔叔打開紗門，接過媽媽從後車箱拿出的行李，「車子可以停以前那塊空地，我今天早上就先放石頭佔住了，大嫂和阿錚先進來吧！美蘭已經換過大哥舊房間的床單，阿錚就睡和室，棉被也準備好了。」

我默默拿著另一袋行李，主動走進一樓後面的和室，這是以前阿公的房間，到現在還擺著一張刻了十九劃圍棋格線的木頭棋几，塑膠棋碗靜靜待在老舊的五斗櫃上，櫃子裡的衣褲和雜物恐怕四年來沒有動過。

聽到開門聲，爸爸的身影經過紙格門，然後走廊的燈關上。

沒有聽到抽水馬達的聲音，應該沒人在用浴室，我拿了換洗衣物，先上樓洗澡。二樓上去右手邊就是浴室，再過去的雙層床房間據說以前是爸爸和叔叔睡的，現在給爸媽當客房，對面有叔叔、嬸嬸睡的主臥室，還有正對樓梯的單人房，一直以來都是姑姑的房間。

白漆木門上，倒貼的春字還艷紅，畢竟才貼上兩個月左右，我空著的左手伸向門栓，門栓光亮亮的，一拉就開，我還沒有推開門，胸口砰砰跳得清晰，再過去就是屬於姑姑的空間，儘管小時候毫不顧忌地說進就進，現在卻生怕懷念碎裂一般，不敢碰觸。

緩緩吸一口長氣，我一股腦打開門。

什麼也看不到，摸黑拉了電燈繩子，眼前才出現靠牆橫擺的單人床，藕色被單整整齊齊疊在成套的枕頭上，貼著床頭的書桌上什麼也沒有，勉強說就是一層薄薄的灰塵。

我在五斗櫃上找到姑姑的書，大部分是高中課本，還有些文法練習、英語課外閱讀教材之類的，我拿下一本克漏字，褪色的原子筆字跡是印刷般漂亮的書寫體，封底用工整的國字寫著「高一丙謝宜春」。

回憶中的姑姑常常穿著黑百褶裙搭配有紅短袖的運動杉，現在想起來，大概是她的高中制服和體育服吧？姑姑的年紀和爸爸差了一截，但再怎麼說那時候應該已經脫離學生時代才是，可是纖瘦的她穿起高中制服當睡衣倒是一點都沒有違和感，反而像是擁有不可思議成熟神情的少女。

我放下參考書，轉身向睡床，側面和床頭的牆上都貼滿發黃捲角的風景圖，什麼大笨鐘、金門大橋、名字掉漆的紫色花田、掉漆也認得的金閣寺……看起來大概都是從月曆剪下來的圖片，以數量和樣式來看絕對不只蒐集一年，而且全都是海外風景，沒有什麼花鳥水果湊數。

沒有猶豫太久，我丟掉拖鞋，爬上姑姑的床鋪，震動的木板床散發灰塵的氣味，讓一切回憶都顯得好久遠，很多個下午我在這張床上玩到睡著，可是現在一點都想不起來當時嗅到的是什麼樣的氣味。

印象最深刻的反倒是床底下的灰塵味，兼作儲藏空間的床下擺了很多紙箱，以前姑姑獨自看書的時候，我常把紙箱的空隙當作迷宮，在床底下鑽來鑽去，在黑暗中被堅實的物體包圍有種安全感，唯一的光亮從床側照進來，有時我就這麼趴在冰涼的磨石子地上，享受亞熱帶難得的沁心，一邊望著可以看見書桌下的紙箱縫隙，藤椅腳邊晃著一雙不穿室內拖鞋的腳，在黑暗中的我看來白得發光，我的視線像貓爪般追著姑姑的趾尖，幻想順著這雙彷彿獨立生存的腿滑上去，會不會其實是我所不認識的怪物。

心頭一凜，我搖頭甩散小時候的妄想，傻斃了！長到十七歲，還用這種毫無理性的恐懼自己嚇自己嗎？

抬頭向床頭櫃，櫃上擺著一盞橘紅色金屬檯燈和一個木製相框，相框造型很樸素，看起來有點年代，是說相框這種東西本來就屬於舊時代，照片是黑白的，裡面有個穿鳳仙裝的年輕女孩坐在藤椅上，很拘謹地盯著鏡頭。

非常非常懷念的感覺，雖然我完全沒印象小時候到底有沒有擺這張照片？盯著照片中被瀏海蓋住一半，模糊不清的小臉，心跳越來越快，那是姑姑嗎？但時代不太符合，姑姑那個時候，應該有彩色照片了吧？

喂——

彷彿來自胸中的震動，很隱約的聲音，是太過安靜造成的幻聽嗎？

喂——

好像更清晰了點，應該是從我的背後傳來，但背後就是床尾緊靠的牆面。

呦呼——

我慢慢轉身，正對牆上的綠漆木窗，夜色為底的雕花玻璃上連我的影子都映不出來，外面自然更是一塌糊塗，我左手找到窗栓的鐵絲柄，一時不確定該不該打開。

對面的——

聽到成形的言語，我一鼓作氣拉開鐵栓、推開窗子，一張臉出現在意外接近的距離，我反射向後傾身，然後才認出那是隔壁窗子裡鄰居的臉。

「還真的有人啊！」對方也像是被我嚇了一跳，是個看起來只大上我一兩歲的少年，不過有厚實的方臉和鬢鬚，純黑的頭髮全往後梳，露出寬廣的額頭。

「都開燈了，當然是有人。」我忍不住回嘴，從前感覺難以用紙飛機攻略的隔壁，想不到如今看起來這麼近，開窗講話也不需要嚷嚷。

「歹勢！」對方笑笑陪禮，「因為這個房間實在太久沒有亮燈，一時好奇就出聲叫了。」

「沒有亮燈？」我一時懷疑自己的理解，但中部海濱到北部都會即使閩南語口音相差不少，國語應該沒有不同的意思才對，姑姑昨天早上才出事，她的房間為什麼會很久都沒有亮燈呢？

「對啊，我房間的書桌就對著你們家這扇窗戶，我每天都看著它，但已經好久沒有亮過。」

粗勇少年抓抓下巴，「差不多是……從去年暑假開始吧？」

「怎麼會？」我脫口而出，「這裡是我姑姑的房間，她怎麼可能半年都不開燈？」

「你姑姑？」對窗少年看起來很訝異，「啊！你是阿錚嗎？」

突然被叫出小名讓我嚇了一跳，離開老家之後，已經很久沒有人這樣叫我，他應該認識小時候的我吧？

「你是……阿瑋？」說出推測瞬間，我看對方睜大眼睛。

「果然是你！你什麼時候回來的？」阿瑋咧開笑容，把今晚以來凝重的氣氛瞬時掃空。

「不到一小時前才剛到。」我回答，遲疑半晌，才又補充，「其實，我回來是為了姑姑的喪禮。」

阿瑋露出恍然理解的神情，沉默點頭，然後緩緩說：「那麼你應該不會待太久，下星期還是要回北部上課吧？這樣就不會遇到星期日晚上的『送肉粽』了。」

大概在我聽到『送肉粽』的時候，臉上實在冒出太明顯的問號，阿瑋笑笑又說：「放心啦！沒遇到是好事，『送肉粽』送的當然不是可以吃的『肉粽』……」

阿瑋突然回頭，像是在聽著什麼，但我完全聽不見。

「沒事啦！」他對不知名的方向朗聲，「好啦！知道！」

然後阿瑋重新面對我，苦笑說：「我媽在叫我了，先下樓。」

「喔。」我只回得出這一聲，看阿瑋粗勇的身形匆匆消失在小方框。

突然再見到何家瑋，原本幾乎不曾想起的童年一口氣湧入腦中。五、六歲的時候，我們幾乎每天都一起在巷子裡跑來跑去，輪流當一個什麼超人的，然後在打打鬧鬧之後為了到底是超人贏還是怪物贏而吵架，雖然年齡相同，阿瑋在那個時候個子就比我大，胖胖壯壯的樣子很得街坊婆婆媽媽們疼愛，只要他帶著笑容叫一聲「姨婆」還是「姑婆」，就可以為我們換來各式各樣的點心。

後來回老家都是逢年過節，應付親戚就應付不完，再也沒有跟何家瑋一起玩過，偶爾想起來還是滿懷念，雖然就真的是偶爾而已。

無論如何，在阿公過世後，再次因為這種不愉快的理由回到老家，能夠見到阿瑋，多少讓這次回來不只有討厭的事情。

不過，我還是挺在意他所提到的「送肉粽」。

洗完澡後，我站在二樓走廊，叔叔嬸嬸和爸爸媽媽的房間都關著門，門縫透著亮光，我猶豫要不要敲門跟叔叔打聲招呼，另外也趁機問一下姑姑的事情。

還沒打定主意，突然聽到開門聲，爸爸探出頭。

「志錚，你站在那邊做什麼？」

「喔，我剛洗完澡。」反射性隱瞞了自己原本想做的事，可能是因為爸爸的臉色看起來太過狐疑。

「是嗎？」爸爸一副「不戳破你但給我記著」的樣子，然後立刻說，「早點睡吧！明天一大早就要去殯儀館了。」

「嗯。」我隨便應了一聲，於是直接下樓。

不料下到一樓時，正好遇見嬸嬸要往上爬，嬸嬸是那種乾瘦型的歐巴桑，我也不是很「大欉」，只要稍微側身就能閃過，但嬸嬸卻停下腳步，對我微笑。

「原來是上去洗澡了。」嬸嬸細軟的聲音聽起來遠比外表年輕，「和室還可以吧？會不會睡不習慣榻榻米？」

「沒問題！」我對她做出「ＯＫ」的手勢，「睡太軟的床反而對腰不好。」

嬸嬸笑瞇眼，然後說：「那麼快休息吧！如果還有缺什麼，儘管上來敲門，知道嬸嬸睡哪一間吧？」

「嗯！」我大力點頭，跟嬸嬸閃身，正要繼續下樓，忽然想到這是個好時機，連忙轉身。

「嬸嬸！」

被我叫住的嬸嬸馬上回頭，柔聲問：「怎麼了嗎？」

「那個……」我匆匆提一口氣，「姑姑她……到底是為什麼……」

果然露出了困擾的表情，我不由地停下問句，但嬸嬸很快回答：「你姑姑啊，她病得很重。」

病？想要反駁從來沒聽說這回事，但想到最後一次跟姑姑見面已經是四年前，話就說不出口。

「當然再怎麼樣都不會說她這麼做比較好，但真的是辛苦太久了！多多少少，不會讓人覺得意外吧？」嬸嬸的眼神飄到不知名的地方，又突然回到我身上，「好了，阿錚，明天還要早起，先休息吧！」

這一次，嬸嬸終於上樓，留下疑惑更多的我。

今天在車上聽到爸媽的對話，要解釋成姑姑有病在身，確實說得通，而且照爸爸的說法，姑姑的病是在阿公過世後越來越嚴重，阿公過世前，我們每年除夕還會回來吃年夜飯，那個時候姑姑看起來都還行動自如，不需要人照顧，所以果然是在我沒注意的這幾年，發生了變化吧？

雖然已經太遲了，還是想要知道姑姑到底發生了什麼事？我始終覺得世上發生的事沒有不能解釋的，只有為了各種理由逃避解釋而已，都已經眼睜睜讓這種事情發生，連解釋都不願意去尋找的話，跟陌生人有什麼兩樣？

既然是生病的話，應該會有藥袋之類的東西，明天忙完之後，再找個時間回姑姑房間找找看好了。

鋪好床後，我在被窩裡滑開手機，果然是找不到無線網路訊號，叔叔和嬸嬸應該都有辦各自的網路吧？本來想要查一下「送肉粽」是什麼，了結一樁疑問再睡，難道只能等回家了嗎？

腦中閃過一個念頭，我看螢幕上的時間顯示十一點四十七，於是打開通訊錄，按下一個名字。

「喂？謝志錚，要問作業是什麼嗎？」接電話的是個不急不徐的嬌聲——我們科研社的社長大人宋瑞笙，也是社團中唯一跟我同班的人。

「作業等我星期天回去再說，我是想請妳幫一個忙。」與彷彿國小生般的嬌小個子相反，在我認識的人當中，宋瑞笙大概是數一數二可靠的，像這種只勞動一下手指和眼睛的事情，大部分的人可能會因為太簡單而不當一回事，但交給她的話，就算沒有正式書面報告，也會有備註資料來源與可信度的詳實說明。

「什麼樣的事？我先聽聽看。」光聽這話，我心中就浮現出她微沉著臉，單指戳下巴，眼睛透過圓框鏡片往上看的樣子，這是她思考判斷時的標準動作。

「我現在人在沒有網路的老家，想請妳幫我查一下『送肉粽』是什麼意思？」

「可以。」宋瑞笙乾脆地回答，沒有多餘的疑問，對人缺乏好奇心——或者說不太八卦——這一點，是我選擇拜託她的另一個理由，「先跟你確認一點，我所理解的『肉粽』，就是用竹葉包裹糯米飯和其他佐料，通常在端午節吃的食物，對吧？」

「呃，字面上應該是。」我想到阿瑋沒說完的話，「不過實際的意思應該另有所指。」

「沒關係，只知道怎麼寫，就比較好查資料了。」

電話對面停頓半晌，我設想她白皙的尖臉映在平板螢幕上，短小的指頭輕巧滑過，寥寥幾筆記下我的話，這是無論在班上或社團看到宋瑞笙的標準畫面。

「那麼『送』是『贈送』的『送』嗎？」

「這個嘛，我也是聽別人說到這個詞。」我努力回想阿瑋的話還有沒有別的線索，這樣沒頭沒腦地委託人好像也說不過去，「對了，應該是什麼不好的事情，因為他說我星期天就不在了，沒遇到也好。」

「好的。」這話恍若搭配著用指尖把她栗子般的短髮塞回耳後的動作，「明天晚上我回撥給你。」

「欸？」還要到明天？難不成真的會有主題研究等級的完整報告嗎？

「有急用嗎？」這句話讓其他人來說有點嗆，但我知道宋瑞笙向來只是單純的詢問。

「是也沒有。」我老實回答。

「那麼就這樣吧。」宋瑞笙馬上以社長風範直接了當作出結論，「還有其他事嗎？」

聽到通話即將結束的提示，我一時慌張起來，不想要這麼快面對只有我自己的房間，情急地尋找能留住這通電話的詞語。

「是也沒有……但我可以問妳一件事嗎？」邊拋出詢問，我邊在心裡想梗。

「可以，不過最好在十五分鐘內，我想在十二點半前睡覺，而且手邊的書還沒看到段落。」

「妳在看什麼？」我抓住這個機會隨口問。

「這就是你想問的事情嗎？」

「呃……」我知道社長絕對不是在嗆我，她只是想確認……吧？

「潛意識正在控制你的行為。」

「蛤？」我做了什麼嗎？不過是想要延遲對面「睡覺」這件事的時間罷了！應該不可能有什麼連我自己都不知道的想法，卻被宋瑞笙給聽出來吧？再怎麼說，也不會是對人缺乏興趣的她。

「書名。」果然她說出完全沒有幻想性的答案，「你不是在問我看的書名嗎？」

「聽起來太不像書名了嘛！」我隨便搪塞，「想不到妳會看這種書，心理學什麼的不是很難證明嗎？我以為妳只會看弦論之類。」

「這是有科學根據的喔！像是用磁振造影偵測腦部血流，進而測量出潛意識的運作……」宋瑞笙越講越快，然後緊急剎車，「抱歉說太多了，可以換我問你一個問題嗎？」

宋瑞笙會想問我什麼？抱著這樣的好奇，我回答：「當然，儘管問。」

「剛才你是真的知道我正在看書，所以問我在看什麼嗎？」

她竟然還認真在想這件事，雖然我沒有很意外，可是要說出不想掛電話的真相實在太難堪了，所以我故意說：「妳可以猜啊！」

「我不浪費時間做沒有根據的猜測。」宋瑞笙緊接我的尾音，毫不留情地說，「差不多了，有其他問題明天再問吧！」

聽起來已經拖到極限，我認命說：「嗯好，謝……」

還沒說完客套話，已經聽不到宋瑞笙那邊的聲音。

被社長光速掛斷通話，我放下手機，終於真的剩下我一人在阿公的和室。

以前阿公還在的時候，每次回來老家，我都在爸媽的房間打地鋪，和室對我來說是老家裡的禁地，印象中的阿公很嚴肅，最常看到他就是在半拉的紙門中，獨自面對棋盤打譜，用塑膠棋子把木棋盤敲得喀喀響。

唯一跟阿公相處的印象，是坐在他的腳踏車後座，一路悠悠晃晃到充滿海風鹹味的廟口，每當他牽出腳踏車，我總是既期待又害怕，期待的是可以去找表姊妹玩，害怕的是阿公一定會先帶我去一個很暗的房間，探望一個不講話的人，我小時候非常怕那個人，也怕阿公叨叨唸唸我搞不清楚來龍去脈的話，那人卻像石頭一般安靜。

阿公是車禍過世的，也是在清明前後，他一早騎著腳踏車去海邊，經過省道的時候被一輛大貨車撞到，雖然馬上被送到市內的醫院，不過腦出血太嚴重，連開刀都沒辦法，隔天就走了。

至於對阿嬤的印象就更少，阿嬤在我很小就過世，別說是一起生活的記憶，我連她的長相都想不太起來，反倒是記得喪禮上的照片，當時的我不覺得奇怪，現在回想起來，那張黑白照片中的女人非常年輕，應該不到四十……不，我想可能連三十歲都不滿，她有上勾的眼睛，小巧的鼻子，嘴唇很薄，透著橙色的光澤……

橙色？

像是潑灑上色彩，那張臉瞬間在我眼睛栩栩如生起來，橙色的嘴淺淺彎著，微瞇的黑瞳凝望著我。

昏昏欲睡，被輕輕搖著，很安心的感覺，倚靠著右邊的溫暖，隱隱聽到柔暖胸脯中規律的跳動。

原來我是被抱著啊！我突然理解到，不可思議地被她捧在臂彎中，隨著身體輕輕搖晃，越來越想睡。

迷濛間聽到自喉嚨深處，直接透過胸脯傳來的吟哦，單調的旋律一再重複，好像連我的心跳都開始跟著平板的韻音迴響。

嬰仔嚶嚶睏——

極輕柔的指尖滑過我的臉頰，一路往下，溜過下巴的狹脊，貼著頸子的薄膚，徘徊氣管兩側。

然後，緊縮。

空氣掙扎不過突然被扼緊的喉，血液也湧不回空虛的心臟，只能把臉越脹越鼓，感覺就要爆炸，舌頭也被擠出口腔之外，眼前的一切越來越白，點點花星直擊視網膜。

已經找不到腳尖了，手指也很模糊，小腿、手臂、大腿都漸漸融化，原本的肚子只剩下空洞，失去心跳與呼吸的胸口空蕩蕩的……

然而在我的全部即將渙散之際，仍然清楚看到她橙色的唇，笑得好親暱好親暱、好溫柔好溫柔。

天花板斜斜一道晨光的分際線，窗外還只有矇矓的白，重新掌握對身體的控制，我第一件事就是伸手去摸脖子，皮膚很平滑，氣管是氣管、喉結是喉結，一點都不覺得有淤青。

所以，是夢吧？

回想剛剛的情境，那種被掐到接近斷氣的痛苦彷彿還存在，我當然不知道真的被掐死是不是這種感覺，不過已經足夠讓我下定決心絕對不要有機會體驗。

姑姑她……最後的感覺，會是這樣嗎？

也許這就是我會作這個夢的原因吧？雖然睡前打電話給宋瑞笙討論什麼「送肉粽」，闔上眼睛後拚命想著這個家中阿公阿嬤的往事，真正在我心裡揮之不去的，果然還是姑姑。

今天就要換成看到姑姑的照片在花圈和罐頭塔中了，然後在我還一頭霧水的時候，她就會被焚化爐化作什麼也看不出來的灰，鎖進不見天日的罈子裡，再也不會有人看到。

或許意外早起會是個機會？昨天想到要去姑姑房間翻翻看藥袋，這不正是最佳時機嗎？

趁著屋子還安安靜靜的時候，我再度上樓，推開貼著「春」的白漆木門。

要找東西的話，果然還是要從抽屜開始吧？我拉開書桌第一個抽屜，裡面是些原子筆、立可白，還有中學作業本一類的東西，看起來比我的書桌還像學生，多半人長大之後就不太用書桌了，還維持著二十年前的樣子。

耐著性子翻了一下，確實沒什麼特別的東西夾在作業本間，倒是發現一本作文簿，我把作文簿抽出來，心想今晚無聊的時候可以來翻一翻。

下一個抽屜塞滿拉哩拉雜的小東西，什麼髮圈、像是觀光紀念品的磁鐵、粗製濫造的鑰匙圈、玻璃玩偶之類的擺飾品，沒有看到藥袋。

再下面的大抽屜好像卡住了，我使勁拉都動不了，後來另一隻手幫忙喬一下角度才拉開，一拉開卻嚇了一跳，因為裡面是滿滿的剪報……說剪報也不太對，因為看起來大部分是彩色廣告紙剪下來的圖片，感覺已經有一段時日了，但也不至於像擺了五年、十年，快要風化的樣子，至少我看得到的部分是這樣，埋沒在深處的就不知道了。

姑姑以前有在蒐集廣告圖片嗎？我只記得她拿單面空白的廣告紙和彩色筆給我畫畫，我畫畫的時候，她就在書桌前看書，還是我用的廣告紙就是被她淘汰的呢？

不過看到貼了滿牆的月曆風景圖，又不覺得奇怪了，抽屜裡剪下來的圖片，大部分也是花花草草、戶外用品，算是同一種興趣的衍伸吧？

書桌楨龜，我轉向五斗櫃，但五斗櫃裡真的就只有衣服和生理用品，沒什麼其他線索。

房間裡能放東西的就只剩下床頭櫃，雖然我非常懷疑會有人把藥袋藏在那種地方，拉開床頭櫃，撲鼻的塵埃讓我打起噴嚏，勉強稍微翻一下，確實只有冬天的大棉被和替換的枕頭套。

趕緊把床頭櫃關回去，抬頭視線接觸到床頭擺的黑白照片，心口突然抽了一下。

是她！昨晚夢裡的女人，雖然照片上的氣質比較年輕，沒有那種成熟孕育出的溫柔，但無論打扮裝束或臉型神韻，看起來都是同一個人，而且跟阿嬤……

不對，與其說我根本不太記得的阿嬤，不如說她跟阿嬤的女兒——也就是姑姑——十分相似。

「阿錚！」

我渾身顫了一下，才轉向門口，站在那裡的是叔叔，神色與昨晚的爸爸一模一樣。

「你在姑姑的房間做什麼?已經起床了就快點下來吃早餐吧！」

「沒有。」我反射性地否認，然後馬上覺得自己越描越黑。

果然叔叔的表情更加古怪，他往房間裡踏了一步，但沒有繼續靠近我。

「阿錚，你姑姑的房間也沒什麼麼東西，需要什麼跟叔叔或嬸嬸說就好，這裡之後也用不到，我要把它關起來了。」

「喔，好。」

疑惑累積到這個程度，我反而不再想問了，大人都想把姑姑的事裝作沒發生過，那我就自己把真相找出來。

「我忘記帶手機充電器，下午忙完再跟叔叔借。」隨便扯了個藉口，我走出姑姑的房間，就頭也不回地走下樓梯，然後聽到背後「砰」一聲關門。

突然，我想到一點很不對勁，姑姑的房間裡好像是真的找不到任何一種充電器。

出山

原本以為家祭不會有什麼人，結果阿公那邊的親戚來了一個我完全沒印象的叔公，阿嬤那邊更是來了一大串粽子般的人，不知道是不是鄉下地方比較少人在公司行號上班？一群幾乎都是爸爸或叔叔年紀的中年男女，好像今天不是上班日一樣，跟我同齡或更小的人是一個也沒有。

因為只有我一個晚輩在場，整天下來只有我需要披苧衣和頭巾，其他人都只綁白布在右手臂，那一團鬧哄哄的遠親甚至只用別針別一小塊白布在袖子上了事。

我們輪流對姑姑的照片上香，那是張起碼二十年前的畢業照，小巧的臉頰像是怕被發現般怯生生地笑著，熟悉的長髮在那時還只到耳上，但細小的狐狸眼一如我的記憶。

也像是昨晚夢裡的女人。

照片裡學生時代的姑姑、我所熟悉二十來歲的姑姑、還有夢中更為成熟的姑姑……擁有相似五官的女人們在我腦內亂成一團，隨著儀式中的嗩吶和銅鑼嗡嗡作響，怎麼都躲都躲不過的檀香味讓睡眠不足的意識更是朦朧。

好想逃走。

但我站在最前排，緊挨著爸爸，對所有上完香的人鞠躬答禮，搞不清楚是叔叔、舅舅、阿姨或嬸嬸？只是一再彎腰、挺直、挺直、彎腰，讓腦部血流不斷承受姿勢改變的衝擊，越來越無法思考。

將要下雨的潮溼空氣悶著苧衣內的白襯衫，想哭的衝動凝結在淚水湧出前一刻，似曾相識的鬱結已經不能分辨是肉體的痛苦或心理的失落，我痛恨這些不能安慰死者一點一滴的禮俗，可是就算大吼大叫、就算痛哭流涕，姑姑還在的那幾年都永遠消失了。

總算捱過家祭，公祭就快了許多，只有一兩個里長、議員之流過來上香，沒有想像中數不清的同事，或者國小、國中、高中同學。

好不容易儀式完成，我們終於把棺木送上廂型車，自己則坐上爸爸的車，顛顛簸簸到火葬場，為了節省空間，還有個疑似表姑和真的不知道是誰的阿伯跟我擠後座，表姑一上車就猛撩鋼絲鍋刷般的馬尾擦汗，阿伯也把印著「靈鸞宮」的鴨舌帽脫下，拚命搧著。

「你是長賀家的老大，對吧？」一邊忙著搖晃黑洋裝外的蝴蝶袖，表姑一邊笑瞇瞇問我。

「嗯。」省事起見，我直接點頭，雖然我其實是獨子。

「喔！那就是你們阿剩阿姑的孫子嗎？」靈鸞宮阿伯異常輕快地搭腔，聽他的口氣應該不是我們的親戚，至少沒有比阿嬤的二哥的女兒親。

「是啊！是啊！」表姑直接跳過我，熱烈回應，「重禧沒生，所以志成是阿剩阿姑唯一的查甫孫。」

有什麼志成的話，我就不會是獨子了吧？不過我也只是在心裡吐槽，爸媽不知道是礙於禮貌還是專心開車，雙雙不吭一聲，我獨自面對靈鸞宮阿伯越過表姑而來的視線，被探究般的眼神看得不舒服，但又不服輸地直視回去，他看到我瞪大的眼睛，咧嘴露出泛黃鑲銀的牙。

「芳錦，這次謝謝你跟坤水大哥了！」爸爸的話在這時打斷我內心的較量，「我們平常在北部，很多事都出不上力。」

「別客氣啦！我們跟宜春也就差一個『表』字，近鄰也要互相照顧，何況表親？哥哥也是這樣想。」

「是啊，坤水兄這次為了表妹很出力，我們靈鷺宮也是盡心幫忙，盼望一路順遂。」一面對爸爸，阿伯就轉作一副服務業口吻，我想他大概是與坤水伯伯相熟的廟公，可是剛剛作法事的明明是佛教的比丘尼，這個阿伯到底是來做什麼的？

「金隆兄也是多謝了！」爸爸答得理所當然，「禮拜日的事我們沒辦法參加，萬事拜託！」

禮拜日？都出殯了，禮拜日還會有什麼事？

這時已經到火葬場，爸爸先下車處理，和金隆阿伯的對話也沒有繼續。

在車子裡枯等的時候，下起毛毛雨，原本的悶也慢慢轉成微涼，我趴在車窗前，但看不到煙囪的頂端。

終於叔叔來把我叫下車，讓我捧著骨灰罈和牌位，又是一路顛顛簸簸到了靈骨塔，把姑姑安放入塔位，原本以為還有什麼跪不完的儀式，結果大人們倒是很簡單地轉身。

就這樣，我們回到真的已經沒有姑姑的老家。

事先聯絡好的總鋪師已經把小貨車開來我們巷口，早上公祭用的棚子現在要轉成流水席，我們下了車，先到的嬸嬸遞上泡著艾草的臉盆，輪流洗手、擦臉過，就算是喪禮結束了。

我們家三個人昨天半夜才到，所以沒差，叔叔和嬸嬸從星期三到現在這頓辦桌才第一次開葷，不過三、四桌親戚，吵鬧得像大廟在建醮，連啤酒都開了好幾手，簡直喜事一般。

我本來以為自己會吃不下，但一早忙到現在兩點多，連喝水都幾乎沒有，況且菜色雖然又油又鹹，倒還真的十分開胃，也就不理會酒酣耳熱的大人，自顧自埋頭扒飯。

同桌的叔公已經開到第二瓶啤酒，越來越大聲的大舌頭講著爸爸和叔叔小時候的糗事，反倒是一個字不提姑姑，媽媽很周到地陪笑，我繼續放空。

「後天晚上你們大概幾點會到這裡？」

後天？不就是剛剛爸爸說的星期天嗎？關鍵字觸動我的耳朵，我微微偏頭，用眼角餘光看到叔叔在隔壁桌說話。

「九點準時開始的話，起駕儀式也是需要時間，加上從靈鸞宮那邊走過來，最早也要十點吧？」這是金隆伯的聲音，我突然慶幸剛才有跟他同車，才認得出來。

「這樣再走回海邊不就都十一點了？」叔叔問。

「一定超過，法事少說也需要半點鐘。」金隆伯說得篤定。

「來回都是走同一條路線吧？」這次是嬸嬸發問。

「靈鸞宮就在港邊，同一條路線就可以，路關附近的人家都溝通好了，不會有人車誤闖，盡可能最快速度送走『肉粽』。」回答的是一個我想不起來的中年男音，聽起來很沉穩可靠。

「對了，阿兄，也拿一些符仔給表哥表嫂分給鄰居吧！」剛剛同車的芳錦姑姑也出聲，如果表姑叫「阿兄」的話，前一個講話的男人就是坤水伯伯吧？因為阿嬤過世得早，已經很久沒有跟那邊的親戚聯絡，我對坤水伯伯完全沒有印象。

「符仔我有帶來。」金隆伯搶著說話，「一路上經過的人家大概都發過了，你們再看看附近還有沒有鄰居不夠用的。」

他們討論得認真，我卻越聽越含糊，爸爸所謂「禮拜日的事」好像就是何家瑋提過的「送肉粽」，會在這個時候舉辦，跟姑姑的死有關嗎？這時間學校才剛下課，我突然非常想聽到宋瑞笙的訊息。

「媽！」

突如其來的高喊讓整棚子的人都轉頭，只見巷口跑來一個穿體育服的少女，懷念的紅袖白衣讓我差點叫出聲，不過很快就意識到來者是個跟姑姑完全不同的女孩子，她黝黑瘦削的臉上睜著明亮的大眼，黑短髮綁成一小支隨興的馬尾，雖然還穿著學校制服，腳上卻踏著亮黃色的夾腳拖。

椅子腳在柏油路上鏗啷兩聲，芳錦姑姑差點沒翻桌，三兩步趕到少女面前，劈頭就罵：「彭禹真，不是跟妳說乖乖去上課嗎？這邊有大人來就好了。」

「媽，我已經放學了啦！」少女吐吐舌頭，做了個鬼臉，「妳手機都打不通，爸爸叫我來問妳晚餐會不會回去吃？」

「真是的！這懶鬼只知道叫小孩跑腿，也不會分場合。」

芳錦姑姑開始碎碎唸不在場的姑丈，而她女兒趁機睜著好奇的眼睛東張西望，我看著那副神情，腦中彷彿有什麼被勾中，卻怎麼也拉不到線頭，只能直愣愣盯著彭禹真。

突然間，她接觸到我的視線，也多停了半晌，然後我清楚看她挑眉。

「好了啦！」回神的芳錦姑姑打斷我們的視線接觸，「叫妳爸餓了就先吃飯，我現在吃這些，回去也不可能再吃一頓。」

「我可以也留下來吃桌嗎？」彭禹真發出專屬於少女興高采烈的聲音，原本就大的眼睛只能用閃閃發亮來形容。

「當然不行！」芳錦姑姑馬上拒絕，伸手去推女兒的肩膀，「快回去吧！這裡不是在辦公伙仔。」

「唔。」彭禹真被媽媽硬是轉身，臨走前又依依不捨看了一眼滿桌飯菜。

我默默起身，趁叔公還拉著媽媽高談闊論，繞過整棚子各說各話的人，在巷口的轉角追上少女。

「欸？」應該是聽到我的腳步，少女轉身停足。

「嗨，禹真……」我有點彆扭地叫出她的名字，畢竟都是超過十年前的事了，「記得吧？那個時候也是搭了棚子，大人在吃飯喝酒，我們在旁邊跑，然後妳……」

「志錚哥哥！」

突然被這麼大叫，然後她整個人就抱上來，差點沒讓我摔倒，還來不及思考原來女孩子是這種觸感，禹真又匆匆鬆開我，轉而拉住雙手，盯上我的眼睛。

「真的是志錚哥哥欸！好開心喔！姑婆那一次之後就再也沒有見過你了。」她一邊大呼小叫，一邊拚命地搖著緊握我的手，手被晃得有點酸，但看到她純然興奮的表情又很難不跟著情緒高昂。

「原來妳真的記得，那時候妳超小的，大概只有……這樣吧？」我從她雙掌中抽出左手，比在自己大腿的高度。

禹真放開我，把手背到身後，笑吟吟說：「你明明就一樣小！還說人家。」

我抓抓頭，跟著傻笑，要問那時候到底誰比較高？我是完全沒印象了，只記得當初的小女孩雖然有點嬰兒肥，又黑又圓的眼睛倒是跟現在一模一樣，我才能遠遠看到就一眼認出她。

「喏，來片口香糖吧！」口香糖魔術般出現在禹真手上，我拿了一片，發現是從沒嚼過的香茅口味。

禹真自己也拿一片丟進嘴裡，很認真地嚼起來，看上去非常快樂，面對她的我也不知不覺放鬆。

「沒想到會遇上你呢！我以為你今天也會去上課。」雖然邊嚼著口香糖，禹真很熟練一般，照常開口。

我只能先把口香糖塞到一邊回話：「我爸本來叫我去上課，但我還是堅持要回來。」

「因為想念這裡嗎？」

我搖頭，然後又點頭。

「想念是想念，但更重要的是姑姑，我不能連最後一程都不送她。」

「啊！」禹真掩嘴，「也是呢，她是你親姑姑，我就只是想來打秋風的。」

我輕笑，一部分是不想讓她太歉疚，一部分是想到她剛剛跟芳錦姑姑對話的樣子。

「妳本來就不認識我姑姑嘛！」

「我應該只有在姑婆那次見過，那天喪禮人超多，我第一次見識這麼大的場面，還好有你。」不曉得想起什麼，禹真的嘴角又上揚起來。

「我也是。」

我們一時沉默，只能把口香糖嚼得滋滋響。

彭禹真小我一歲，是跟我年齡最相近的表妹，住在這個村子裡的還有大禹真四歲的姊姊，和兩個年紀更大的表哥，以前被阿公帶去海邊廟口找親戚串門子，大部分的時候都只有我們兩個還沒上學的小鬼一起玩。

在阿嬤的喪禮上，大量令人緊張的陌生大人中，我和禹真一碰上面，馬上玩瘋了，那天具體玩了什麼實在沒有印象，但清清楚楚記得在儀式中悶了一天，總算解放的興奮。是說，現在的我也有一種解放感，好像看了一整天的黑白電影，在禹真出現時突然變彩色，還加上音樂！

「如果能過去一起吃桌就好了，這樣我們就可以好好聊聊。」禹真癟嘴，「不知道為什麼我媽一直趕我。」

我聳肩，對禹真提議：「反正我也不急著回去，不如我們去走走？」

「真的嗎？」禹真的眼睛亮了起來。

「跟一堆不認識的老人吃飯也蠻煩的，妳來得正好呢！」

「好喔！等我一下。」她三步併作兩步，衝向前面的腳踏車，拿鑰匙開大鎖，看樣子她來的時候還真的是打定主意就要坐下來了！

「要去哪裡呢？」看她牽好車，我開口問。

「我這裡不熟欸！你說呢？」

「說得也是，妳住在靠海那邊，對吧？」雖然沒有看過這裡的海，我的回憶中一直有海風的鹹味。

「對啊，雖然沒有說很遠，但是因為學校也在那裡，所以平時根本不會來這邊。」

「這樣啊……」我回想以前阿公騎腳踏車載我的路程，大概要將近半小時吧？我不太可能消失這麼久，「去後面街上買飲料如何？」

「好喔！」禹真爽快應答，搶著領在前頭，我加快腳步追上，帶她往小時候唯一能去的街。回憶中的樣子已經和現在完全不同，路口開了便利商店，現榨甘蔗汁收攤了，原本的位置開了連鎖飲料店，以前甘蔗汁是我最期待的獎勵欸！

突然想起曾經唯一一次跟姑姑一起上街，她帶我去文具店挑彩色筆，我看上一盒有我一半身高，裡面附剪刀、色鉛筆、削鉛筆機的豪華組合，但是姑姑錢帶得不夠，最後我們去隔壁喝甘蔗汁，結果回家還被叔叔狠狠罵了一頓，誰都討厭被罵，但兩個人一起被罵，不知道為什麼也變成很美好的回憶。

回憶有多甜，這時想起來的酸勁就多強，我用力眨眼，快步走上連鎖飲料店。我點了甘蔗青茶，禹真是紅茶波霸，搶在店員說話前，我掏出一百塊交給他。

「七十五元，對吧？」

「欸？」禹真在店員收下鈔票時大叫，「我要付錢啦！紅茶波霸是多少？」

我用手蓋住桌上的價目表，笑笑對她說：「既然妳都叫我哥哥了，難得請妹妹喝一次飲料，沒什麼好奇怪吧？」

「哼嗯——」禹真發出抗議般的思考音，像是電腦運作少不了的風扇聲，最後說，「飲料讓你請的話，那你要來我家玩喔！你會待到什麼時候？」

「星期天早上回去。」我回答，「不過我得先問一下爸媽明天要做什麼，沒事的話，就去找妳玩？」

「說好了，要問喔！」禹真敞開笑容，對我伸出小指，我愣了一下，才了解她想做的事，於是也用我的小指勾住她，她迅速反轉拇指對上我的拇指。

蓋完「印章」，禹真心滿意足地吸飲料，我們慢慢踱到歷久不衰的文具店，一邊聽她說：「隔了這麼久，你總算回來了！」

「是啊，從我阿公過世那次到現在，也四年了。」

「四年？」禹真停下腳步，「你搬走應該是阿嬤過世那時，所以到四年前為止還還有回來過？」

我聽她有點受傷，連忙說：「只有過年的時候，而且那之後阿公就沒有說要去找妳們了。」

「後來我也沒有遇見你阿公過。」禹真低頭尋思，「對，你阿嬤出山那天就是最後一次了。」

我突然想到阿公的車禍就發生在往海邊的路上，如果阿嬤不在後，阿公就再也沒有去找芳錦姑姑和其他親戚，他那天是去海邊做什麼呢？

「那天真的很可惜！」思緒被禹真的感嘆打斷，「玩到一半，你就突然被大人拉去趕夜車，我過了很久才聽說你搬去北部了，連個道別都沒有。」

「有嗎？」我覺得一派莫名，「那時候我還住在老家，是要趕什麼車？」

「欸？沒有嗎？」禹真抬頭看我，「那時候應該還沒吃完，可能是倒數一兩道菜吧？因為我記得你走之後我一直哭，後來媽媽是拿最後上來的果凍哄我。」

禹真講得詳細，我心裡還是模模糊糊，是被爸爸拉走嗎？可是拉去哪裡？有什麼地方是桌菜還沒上完就要一個六歲小孩趕著去的？

大概看我茫然，禹真又說：「我印象很深喔，大人應該是有先叫你，然後你沒動，就被直接拉起來，推著走的時候，你也大哭了。」

大哭？那天晚上的黑暗依稀回到我心裡，似乎有那麼一個時候，我拖著腳步，然後突然被爸爸抱起來，眼睛哭到腫，鼻子哭到痛，耳膜被震得很不舒服。

被什麼震呢？分不出鑼還是鈸，以及不間斷的鼓聲，還有好多好多人的腳步聲，空氣中瀰漫著汗酸味，頭好暈，快吐了，緊緊抓著爸爸的汗衫，腥味鑽進我不能閉起來的鼻子，濤聲越來越清晰。

前進的隊伍突然剎車，我在爸爸懷裡也晃了一下，慌忙回頭。

然後，我看見紅。

「志錚哥哥！」

被禹真大叫一聲，我回過神。

「你……想起來什麼了？」禹真小心翼翼看過來，就連開朗的她都露出這種神情，我看起來有這麼糟糕嗎？

下意識覺得那段真假難分的回憶不是好事，但又有一股衝動想要說出一切煩人的事情，話在嘴邊頓了一下，我躊躇開口：「禹真，我可能只能講出很模糊的片段，不過好像真的有想到些什麼。」

她望著我，然後露出淺淺笑容，柔聲說：「片段就片段，又不是考試，有什麼想告訴我嗎？」

聽她這麼說，我心裡定了一些，開始試著描述：「我好像被我爸抱著，跟著一群人走，在很暗的晚上，還有一些鑼聲、鼓聲，有點像是廟會的感覺。」

「出殯嗎？」禹真皺眉思索，「可是姑婆是下午就出殯了啊？這個我還有印象。」

我點頭：「對，我也有印象，所以不是，但是我真的不知道那是在做什麼？」

「不管是什麼，都不會是壞事吧？」禹真鬆開眉頭，淺笑再度回到她臉上，「畢竟是長賀叔叔帶你去的，而且像廟會的話，就是神明的活動啊！」

被禹真這麼一說，原本環繞著回憶的不安，雖然不能說完全消失，但還真的減輕不少，於是我點點頭，對她回以同樣的笑容：「妳說的也是，有機會再問看看我爸好了，現在我差不多該回去了！」

「啊……嗯。」儘管有些落寞，禹真還是對我舉起手，「那麼我也先回去了，可以的話明天見……啊不對，先留一下手機號碼。」

禹真手忙腳亂地從手提小袋拿出手機，我們交換了號碼，才真正揮手再見。

還好回去的時候似乎沒什麼人注意到我半途離席，只被媽媽青了一眼，我也不理她，繼續把桌上僅剩的盤子清空，而我背後的大人們再也沒有談到「送肉粽」。

終於總鋪師把折疊桌椅通通收回她們的發財車，帆布棚也拆了起來，喪禮與日常間的最後一步跨過，吵吵鬧鬧的親戚紛紛離開老家。

我和叔叔合力把原本為了清出靈堂而搬走的桌子搬回客廳，屋子裡似乎還繚繞線香的氣味，但爸爸已經打開電視，讓二十四小時放送的新聞充滿空間。

叔叔坐下來嗑瓜子，媽媽低頭滑手機，明明還有問題想問，客廳裡沉默得不知道要怎麼打破？還是我去找嬸嬸呢？她會是在房間裡嗎？

手機在這時響起，我心裡一動，趕緊走進和室，接起電話。

「喂？我是宋瑞笙，現在方便講話嗎？」

光是聽見她和緩的聲音，就讓人覺得鬆了口氣，我立刻回答：「沒問題，妳說吧！」

「現在跟你口頭報告調查『送肉粽』的結果，我先說結論：『送肉粽』是台灣中部濱海特有的習俗，當有人上吊身亡的時候，為了避免煞氣留下來，而舉行把死者遺物送到海邊燒掉的儀式。」

我心口一沉，這樣一切都串起來了，後天晚上，他們打算送走姑姑的「煞氣」，靈鸞宮的金隆伯就是為此而出現。

「之所以用『肉粽』這兩個字，是因為肉粽用繩子吊著的形象，正好和上吊的死者符合。」宋瑞笙娓娓敘述，「接下來的資料包含儀式的歷史文化淵源、進行方式、最近幾年比較有名的事件，還有相關的都市傳說，你是全部都要聽，還是特別想要知道哪個部分？」

我心裡亂糟糟，把姑姑當作什麼要趕走的東西，實在不是個舒服的想法，但宋瑞笙盡責幫我調查了這麼多，我還是隨口問：「比較有名的事件是什麼意思？」

「那是八年前在彰化和美的事，有被當時的新聞報出來，不過大部分情報都未經證實。」瑞笙的聲音變得嚴肅，「根據網路新聞的報導，那年秋天在一個半月的時間內，和美總共發生了五起上吊事件，但在網路論壇上的流言算起來應該有九起，很多都傳說跟之前事件留下來的煞氣有關。」

「哪能證實有什麼關聯啊？」我嫌惡地說，面對這些逝去的人，不去理解他們選擇死亡的原因就算了，只想著會不會牽連到自己，然後像驅邪一樣趕跑他們，雖然我不相信什麼捉交替，但也覺得這樣的人不如被捉走算了。

「死者會帶走生者也算是個普遍的想法吧？我在找資料的時候意外發現一篇很有趣的文章，等你回來可以印給你看。」宋瑞笙沒聽出——或許是根本不在乎——我話中的情緒，「因為人們先有了這種觀念，就會把現實事件以這個觀念解釋，譬如說有個穿紅衣上吊的老太太，她的兒子不久也上吊了，與其說是因為送煞不成，兒子被帶走，不如說因為老太太與家人有嫌隙，才會選擇以穿紅衣咒人的方式上吊，兒子或許也是因為相同的家庭因素，而在相近的時間走上這條路。」

「對啊，明明就有合理的解釋，為什麼要扯一些五四三？」雖然還是很憤慨，但至少聽到瑞笙這麼清楚表達出我沒辦法歸納的想法，還是舒爽不少。

「對某些人而言，民間信仰反而在他們心中更合理吧？」

我嘆了口氣，既不能理解，又不能反駁。

「那一個多月中，和美頻繁舉行『送肉粽』的儀式，已經到一般人晚上不敢隨便出門的程度，因為傳說中如果看到『送肉粽』的隊伍，會有不好的事發生，甚至流言裡其中一個上吊的死者還是某次『送肉粽』的法師，就連專門對付這種東西的法師在大家心目中都可能成為煞氣的犧牲者，可以想像得到那時的人心惶惶。」

「妳剛剛說儀式在晚上舉行，又說不可以看到『隊伍』，所以具體來講，到底是要怎麼『送肉粽』？」

「這個嘛，我查起來也都是很模糊的資料，甚至還有互相牴觸，可能沒辦法講得很清楚喔。」雖然自己先打了預防針，社長還是沒有辜負我長久以來的信心，很流暢地說明，「儀式必須要在亥時舉行，神明從主辦的廟宇起駕，前往上吊者的喪家，經過的路線要事先跟神明請示，而且前一兩天就要把路線圖發給當地居民，避免有人不小心經過，過程中經過的路口都會封起來，還會沿路敲鑼打鼓、灑米灑鹽……」

鑼鼓好吵，還有彷彿要炸掉耳膜的鞭炮，漫天沙塵讓我直想打噴嚏，眼角偷看到隊伍邊緣的人不斷用草蓆拍打地面。

「……到了喪家之後作法驅煞……」

紅色在我眼前跳動，那是一個穿紅肚兜的健壯男人，手裡拿著一柄劍，在他裸露的背上不斷劃出一道又一道血痕。

「……完成儀式後，陣頭用最快速度行進到海邊，在海邊火化上吊的繩索或是死者的衣物，也有紮草人代替的……」

火焰，在海風中的火焰，深夜在海風中熊熊燃燒的火焰吞噬了紅衣，耳邊只剩下海的聲音，我抬起頭，遠遠地，在浪花的前端，看到了……

「謝志錚？你還在聽嗎？」

「啊，沒有……不不不！我是說……」吞了口口水，「我好像想起來了。」

「想起來什麼呢？」宋瑞笙不疾不徐的聲音接住我的不安。

「我好像……送過『肉粽』。」

「欸？」耳邊傳來短暫的驚呼，宋瑞笙很快又平穩地問，「為什麼是用『好像』呢？」

要在社長面前講出這麼不嚴謹的想法，實在有點緊張，不過話到口頭不能不說，我吸口氣後就開始：「妳知道我在彰化老家嘛，其實在過來的車上，我作了一個夢，本來想不起來內容，但聽妳這麼一說，我開始有印象了。」

「你夢到的是『送肉粽』的場景嗎？」

「我覺得很像。」最多也只能這麼說了，「夢裡面我還是小孩子，所以被爸爸抱著，一大群人還有神轎和乩童，在深夜裡一起往海邊走，最後在沙灘上燒一件紅衣服。」

「聽起來很相似，而且你說老家正好在彰化。」瑞笙彷彿在電話另一邊輕輕點頭，她的姿態小巧，但意義都很確實，「不過有個事實得說在前頭，人的記憶是很不可靠，甚至會在每次回想同時竄改的。」

「什麼意思？」我以為她要認同我的猜測，沒想到跑出這句話。

「原本你忘了夢到什麼，在聽到『送肉粽』的儀式內容之後，也許你夢到的原本是類似的建醮或繞境活動，但遺忘的細節在回想的時候被補足，最後就真的跟『送肉粽』一模一樣了。」

宋瑞笙的話總是很合理，但這一次我必須要反駁：「可是社長，在下午接到妳的電話之前，我就已經想起來跟妳描述的那些事，然後到剛剛我才想到之前作的夢也是這個內容，不過我的夢裡面好像還有其他的東西。」

「其他什麼？」

「像是隊伍前面有人扛著一把很大的黑旗子，路上經過的窗子都用符仔貼起來，還有門口卡著掃帚的……大概這些。」其實夢的最後我好像還在海上看見了什麼，但印象實在太模糊，說不出口。

「黑令旗嗎？」不知道是不是我的錯覺，瑞笙的聲音似乎有點顫動，「我好像沒有說到這個，不過在我查到的其中一份資料中確實有提到，『送肉粽』隊伍的前方是由黑令旗領頭。」

聽到宋瑞笙的話，我心口一緊。

阿嬤下葬的那一天晚上，我們真的去『送肉粽』了？如果照瑞笙剛剛的說法，會在『送肉粽』隊伍中的，不就只有廟方的人和……

「這樣聽起來，你的記憶蠻有可能是真的，不過再怎麼說，都是很久以前的事了。」

「是啊。」我不由衷地回答，現在努力回想，我真的沒有印象阿嬤是怎麼過世的，一直理所當然以為是生病，但我完全沒有探病的記憶。

「謝志錚，你會聽說『送肉粽』，是因為家人的事情嗎？」宋瑞笙突然問。

「家人啊……」姑姑當然算是家人，只不過我一開始聽說這個詞的時候，還不知道就是姑姑罷了。

「我是在想，就是說……」一向明快的宋瑞笙突然吞吐起來，「如果是家人的事情，雖然很久了，你可能……算了，這沒什麼好推測。」

我參不透社長大人到底想到些什麼，連她都無法推測的事情，我更猜不出來，所以只說：「總之謝謝妳啦！幫了我大忙，回去請妳喝紅茶。」

「欸？不過我……」

「我知道啦！唐頓莊園的伯爵茶對吧？看妳要內用還外帶，任你宰割了。」

依稀聽到噗哧一聲，社長大人的笑聲可說是我們社團內的珍品，可惜來不及錄音就消失了。

「謝謝你！」雖然不懂瑞笙為什麼這麼開心，至少我也覺得開朗一點。

講完電話後，雖然感覺沒那麼鬱悶，疑問還是梗在那邊，儘管邏輯上很合理，我還是無法就這麼相信阿嬤真的跟姑姑有同樣的死因，要去問嗎？可是爸爸和叔叔的態度都讓我覺得問了也是白搭。

如果說阿嬤那時真的辦過這個儀式，附近的人應該都知道吧？就算跳過不想提這件事的家人，還是有辦法問出當年的狀況。

說到附近的人，我唯一能想到的就是何家瑋，當然他就跟我一樣小，大概也不記得什麼，但是長大之後，多多少少會聽說一些流言吧？反正一時也沒有什麼好方法，不如就試試這條。

算一算差不多是一般人家吃完晚餐的時候，我去敲了隔壁何家的門，跟家瑋媽媽說了一聲之後，就被請進去吃水果，在客廳被「盤問」了好一會兒，好不容易被何家瑋的一句話救進房間裡。

「坐吧！」何家瑋拉開書桌前的椅子，自己坐在旁邊的床上。

我側坐面對家瑋，但眼睛不自主飄向書桌正對的窗戶，與姑姑房間相似的木格玻璃窗是開著的，可以看到綠紗網對面沒有一點燈光。

「不好意思！我爸媽這麼久沒看到你也有點興奮，一口氣問太多問題了。」

「啊，不會！」我連忙搖手，「其實我來找你也是有些問題想請教。」

「喔？」何家瑋挑眉，微皺光亮的額頭。

「很久以前，在我們還沒上小學的時候，我家是不是有辦過『送肉粽』？」

何家瑋的表情讓我清楚看見所謂「臉色一沉」，然後他低聲說：「你家的事你自己應該比較清楚吧？」

「我從小就搬走了，家裡的人不提，我也沒機會從別的地方知道，這次回來又發現家裡大人連我姑姑的事情都不太想……」我說到這裡緊急剎車，「對了，你知道我姑姑的事情嗎？」

「你是說，她『綁肉粽』？」

雖然何家瑋說出我沒聽過的詞，但可想而知用在這裡的意義，於是我點頭，繼續說：「總之因為我爸和叔叔對這次事件的態度，讓我覺得問他們也是白費工夫，因為我現在懷疑，當年我阿嬤也是因為那個……『綁肉粽』？」

「你阿嬤啊……」何家瑋搔搔油亮的頭髮，「我有聽說她是自己尋死的，畢竟她也病很久了，但到底是不是『綁肉粽』就不太清楚。」

「病？」又是跟姑姑如出一轍的狀況。

「你連這個都不知道嗎？」何家瑋睜大眼睛，「聽說你阿嬤她生前有點……」

他用食指在太陽穴旁畫圈圈，我看得目瞪口呆，從來沒有聽說過阿嬤精神狀況有問題，她明明就……好吧，我對阿嬤真的印象薄弱到一時也想不出什麼反例。

「唉，聽起來你家大人真的很想放下這件事，雖然我也覺得放下沒有不好。」何家瑋嘆氣，但還是繼續說，「這也是我們出生前的事了，我都是聽大人說的，你阿嬤好像從年輕的時候就有發病，第一次是在小女兒剛出生不久，被家人發現她想掐死親生的嬰兒。」

喉頭緊縮的感覺讓我渾身一震，夢裡貼近我的臉又出現在眼前，我連忙甩頭，擺脫將被扼絞的影像，怎麼我昨天才作夢，今天就聽說阿嬤發生過一模一樣的事？

「抱歉！我講得太直接了。」何家瑋露出苦笑，拍拍我的肩膀。

「沒關係。」我打起精神回應他的笑容，「不過聽你說的狀況，會不會是什麼產後憂鬱症之類的？小孩子剛出生很煩對吧？晚上一直爬起來餵奶的話，一時激動也是有可能。」

「醫學上怎麼說，我是不太懂啦！」何家瑋搔搔頭，「只知道她後來狀況越來越多，常常一個人在路上遊蕩，大聲自言自語，附近鄰居看到就會去通知你阿公把她帶回去，後來就聽說送去哪邊療養了。」

原來是這樣子嗎？我恍然明白自己不是對阿嬤印象薄弱，而是根本沒有跟她一起住過，只是因為我清楚知道阿嬤是在我有記憶後才過世，所以就擅自把回憶合理化，不得不說宋瑞笙的見解總是很精闢。

「阿錚，你突然想追究這麼久以前的事，是發生了什麼嗎？」

「算是跟姑姑的事有關吧？因為知道要『送肉粽』，才想起來以前有參加過，我有機會參加的，也只有可能是阿嬤了。」

何家瑋點頭，再次苦笑：「昨天跟你說到『送肉粽』的時候，我還不曉得就是你們家，今天放學回家看到路線圖，才知道你姑姑的事，辛苦了！」

我搖頭：「只不過任人指揮要站要跪而已，就連星期天的儀式也沒有要參加。」

「也是啦。」何家瑋嘆氣，「對了，你知不知道為什麼這次會請蔡夫人來送？」

「蔡夫人？」

「啊！」大概是看到我一臉呆樣，何家瑋趕忙解釋，「就是『送肉粽』的神明，我看路線圖上有印那個什麼宮……」

「靈鸞宮？」

「對！就是那個！不過大部分的人都叫『蔡夫人廟』，所以我一時忘記本名了。」

「這有什麼奇怪的嗎？」我還是一頭霧水。

「怎麼說呢，這裡地方雖然小，還是有分角頭，我們這一帶算是頂庄，頂庄的境主神是潘王爺，所以『送肉粽』也都是由潘王爺出馬，除非神明有特別指示，通常都在角頭內繞一繞就直接出海了，蔡夫人廟那邊是靠海的下庄，我從沒聽說請下庄的神明過來頂庄『送肉粽』。」

「靠海是下庄啊……」我聽得半懂不懂，卻依稀覺得腦中有什麼連成一線，對了，禹真家靠海，所以芳錦表姑家也算是下庄，「好像是，我們這次有請下庄的親戚來幫忙，應該是因為這樣才會是找靈鸞宮吧？」

「嗯。」何家瑋看樣子還是不以為然，但沒再說什麼。

「我來問問看表妹好了。」我拿起手機，找到禹真的電話，我想禹真應該會願意告訴我所有她知道的事，雖然我不確定她了解多少，至少會對下庄比較熟悉吧？

「喂？」才響一聲電話就接通了，聽見禹真明朗的聲音，「志錚哥哥，你明天可以過來玩嗎？」

「不好意思，其實我想問妳一件事。」我有點內疚地打斷禹真，「妳知不知道港邊有一間廟叫靈鸞宮？」

「知道啊，就在我舅舅家那邊，你要去拜拜嗎？」

「啊，不是。」我忍不住微笑，對禹真解釋，「星期天妳媽媽和舅舅會來幫我們家『送肉粽』，我只是想問問看妳知不知道為什麼要從下庄請靈鸞宮的蔡夫人過來我們這裡？」

「這件事喔，我也不知道欸，我們下庄平常也不是靈鸞宮在辦。」

「下庄平常也不是靈鸞宮？」我重複禹真的話，一邊看到何家瑋也不解地皺眉。

「我印象中之前都不是……啊，會不會是因為宜春阿姨是在這邊死掉的？」

「什麼？」突然新增的資訊讓我措手不及。

「欸，就是前幾天我聽說有人在靈鸞宮的中庭『綁肉粽』，警察還有來封鎖，後來聽我媽說就是宜春阿姨。」

「姑姑怎麼會跑到那邊去？」我脫口而出，又是一個理所當然的「以為」，我只在家裡見過姑姑，就以為姑姑一定是在家裡或附近過世。

「這我就不知道了，還是說你明天如果要來，我順便帶你去那邊看看？」

「真的可以去靈鸞宮的現場嗎？」我當下決定不管明天爸媽要去做什麼，我一概都要推掉。

「可以啊，離我家五分鐘而已，騎腳踏車的話。」

「腳踏車喔……」我心裡一沉，在這個沒有未成年的家裡，我要去哪生一輛腳踏車？

「你有腳踏車可以騎嗎？從你家那邊過來，先走和順路一直往海邊，然後在過了省道之後轉濱海，先右轉再左轉，看到港應該就可以看到靈鸞宮了，我可以在那邊等你。」

「等等，你說和順路轉省道……」

「不是轉省道，是轉濱海路。」

「那省道是在哪裡？」

「省道就是……」

「喂！」何家瑋用氣音叫我，低聲說，「你現在要去蔡夫人廟？」

我搖頭，同樣低聲回答；「明天，表妹要帶我去，如果有腳踏車的話。」

「是明天啊。」何家瑋喃喃說，似乎在想些什麼。

禹真還在努力解釋我完全無法想像的路線，但我已經開始放空，如果有網路就好了，我不爭氣地懷念起手指滑一滑就有地圖的路癡救星。

「阿錚。」何家瑋突然叫我，「要不要我弟弟的腳踏車借你，明天我帶你去港邊？」

「欸？」這個神救援讓我不敢相信，我趕緊叫禹真先等一下，轉身問何家瑋，「你真的要幫我帶路？可是這一趟來回也蠻遠的，而且我只是想看一看姑姑過世的地方，你可能也會覺得無聊。」

「我也只是沒事出去走走，當吹海風吧！」何家瑋聳肩，然後賊賊一笑，「何況還有你表妹呢！她幾歲啊？會介意陌生人嗎？」

「這個嘛……」雖然覺得禹真是人來瘋的類型，我還是回到電話上問她，「不好意思，因為我實在不認得路，有個朋友會帶我去，順便借我腳踏車，這樣可以嗎？」

「你借到腳踏車了！」禹真歡呼，「太好了，志錚哥哥的朋友也會來我們家嗎？我要跟媽媽說一聲，她中午會開伙。」

我對何家瑋點頭，然後進一步跟禹真約好時間、地點，敲定了明天的探查之旅。

回到家裡，聽爸媽在講明天要去看哪個親戚，我搶在他們問之前說要跟何家瑋出門，他們也就沒有多說什麼。

雖然時間還早，實在也累了一整天，我直接進去和室。

躺在木板上的床鋪，習慣性拿起手機，卻發現沒有網路什麼都不能做，累是累了，要睡卻也還睡不著，正猶豫要不要出去和媽媽一起看反覆重播的偶像劇時，瞄見被我丟在棋盤腳邊的作文簿。

早上去姑姑房間探查時，順手拿了這本作文簿出來，心裡就想著晚上無聊可以翻一翻，看來我還挺有先見之明，雖然對高中作文不抱什麼期待，還是懷著看相簿笑笑從前的心情，把作文簿翻開。

「我的志願」

一開始就是這個萬年不敗的老題目，高一寫《我的志願》的時候，我是用物理老師交差，雖然很喜歡物裡，但我一點都不想當老師，但是又不知道喜歡物理可以做什麼，班上雖然有幾個物理高手，但真的喜歡物理的人幾乎沒有，要討論課本以外的基本粒子、弦論、高維度空間……我目前所遇過的人也只有宋瑞笙。

不過興趣不只有物理的宋瑞笙一定不會有這個煩惱吧？況且雖然詳情不清楚，她似乎有不錯的家世，無論她想要做什麼，應該都可以得到支持。

至於少女時代的姑姑會想做什麼呢？是跟現在……好吧，其實我也搞不清楚姑姑到底是做什麼的？

「我的志願是當一個機師，親自前往世界各地，親眼看到全世界的風景。這個願望在我心中已經很久，小時候我就很喜歡看飛機，能夠以金屬懸浮在天空中，怎麼想都是一件很神奇的事情，簡直像魔法一樣！能夠操作飛機，不就是科學時代的魔法師了嗎？所以從小就一直作著這個夢。

雖然我沒有搭過飛機，但我一直很努力注意有關飛航的事，兩年前發生的空難讓我很難過，因為機長的失誤，不僅他自己，連兩百多個乘客和機組員都身亡，所以我期許自己，如果能當上機師，一定要謹慎盡責，不要讓遺憾再次發生。

如果要當機師的話，必須去國外受訓，所以我很認真學習英文，希望未來能毫無障礙地認真學習飛行，等我成功的時候，要邀請媽媽搭我開的飛機，讓她也能飛翔。」

飛機啊，有點令人意外但細想又不那麼奇怪的願望，雖然不知道她後來到底有沒有完成夢想，但至少走遍世界的願望是達成了，在她短暫的一生結束前達成了，這已經算是很美好的事了吧？

這麼想的時候，遲了好幾天的淚水忽然滑下來，我用力憋氣，把哽咽藏在胸中，不想哭出來，這麼做的話，似乎就會有什麼東西跟著眼淚一起消失，再也找不到了。

如果是我的話，我會甘心嗎？連夢想都沒有的我，對於要怎麼再活十七年就已經一無想像，更不能明白在三十六歲就面臨盡頭會是什麼樣的心情？

埋頭在棉被裡，試圖平緩艱難的呼吸，但還是發出明顯鼻塞的聲音，看來還是不得不出來找衛生紙。

我把和室木格門拉開一道小縫，客廳的方向是暗的，看來大家都回房間去了，這樣也好，因為我不確定現在眼睛看起來會不會是腫的？

廚房桌上就有衛生紙，週遭靜得讓我不敢造次，但鼻水都快流下來了，只得趕緊用力擤。

聲音響亮得超出想像，第一次擤完，我心虛地豎起耳朵，聽力所及還是一點聲音也沒有，我放膽再擤一次，終於有種從鼻子通到耳朵，瞬間舒暢的感覺。

然後我聽到聲音。

是喘息？是呻吟？是啜泣？細微得難以分辨方向。

我屏住氣息，再仔細聽，隱隱約約感覺到聲音是來自女性，有可能會是嬸嬸或媽媽嗎？還是隔壁傳過來的聲音呢？

聲音稍微明顯了一點，聽起來真的是這個屋子裡有人在哭，我試著往樓梯上走，不知道是不是心理作用，感覺哭聲越來越清晰。

摸著扶手上到漆黑的二樓走廊，怕驚動大人，我不敢開燈，摸黑靠近爸媽的房門，裡面是暗的，我把耳朵貼在門上，爸媽都沒有打鼾的習慣，裡面聽不到什麼特別的聲音。

再來是主臥室，同樣沒有開燈，我不知道叔叔或嬸嬸會不會打鼾？但房間裡還是沒有一點聲音。

怎麼會這樣呢？我把耳朵離開門板，然後聽見前所未有清晰的哭聲。

浴室的門是開著的，雖然很暗，但也還分辨得出裡面沒有人影，就只剩下姑姑的房間，還是說有人跑進她的房間裡？

黑暗中，我把耳朵貼近門板，然後聽見女性的嘆息。

絕對沒有錯！就算狂跳的心臟從旁作擾，我可以確定啜泣就是來自姑姑的房間，是誰躲在這個沒有人的房間，連燈都沒有開？哭得這麼壓抑，壓抑得這麼痛心。

我的手悄悄滑到門栓邊，卻摸到一個異物，冰涼堅硬的觸感告訴我那是一個荷包鎖，摸起來很光亮，感覺是有在使用的，不像是臨時挖出來應急的東西。

叔叔早上有說過要把姑姑的房間關起來，這應該就是他鎖的吧？可是裡面的那個人呢？為什麼要在有人還在裡面時把房門鎖起來？而且叔叔不是不希望有人進去嗎？還是說，那個人瞞著叔叔偷偷跑進去，然後被鎖在裡面，所以才哭呢？可是這個家就這麼小，少了誰一定馬上會發現啊！

摸著冰涼的荷包鎖，只覺得越來越心煩，我暗暗使勁去拉，鎖頭當然是文風不動，但這個觸感好像讓我想起什麼，似乎有這麼一個記憶，我也是貼在門板上，拉著……

不對！我緩緩彎曲膝蓋，在姑姑的房門前蹲下，抓著鎖的右手順勢升高到胸前。

就是這樣！那個時候的我抓著胸前的鎖，使盡孩子微薄的力氣，想要打開這扇門，一邊聽著門內的哭聲。

「你……」

是說話聲嗎？我重新把耳朵靠上門，門裡面還是斷斷續續的抽泣。

「……來了。」

應該是在說話吧？對我嗎？剛剛拉門鎖的時候，我明明有小心不發出聲音。

「……來……吧！」

話語夾雜在抽泣間。

「……陪我……」

帶著鼻音，甜膩得黏在耳朵裡的嗓音。

「……陪……」

沒有來由的抗拒充滿胸中，我的另一隻耳朵彷彿大聲吼著「不行！」，但氣氛詭譎得我喘氣都不敢用力，只感覺緊握鎖頭的右手汗溼得徹底。

深呼吸三次，我試著遠離門板，哭聲在耳朵裡越來越模糊，然後我挪動重心，慢慢把膝蓋伸直。

「不要走！」

凌厲的尖叫穿透腦殼，所有的恐懼在瞬間爆炸，還沒站直的我轉身，然後腳下一滑，看不清楚邊際的階梯就在眼前，失重擄獲我對身體的支配。

我滾了下去。

陰廟

眨眨眼睛，日光燈死白得刺眼，轉頭看到木格子門透入白天的日光，星期六了，今天要去找禹真，她要帶我去看姑姑過世的地方。

好像忘記了什麼？

我從和室地板上的被鋪中爬起來，覺得全身痠痛，一定是昨天喪禮「勁」太久了，稍微甩手扭腰、伸展一下，我開了門，上樓去刷牙、洗臉。

經過樓梯的時候，突然覺得有什麼不對勁，我下意識抓緊扶手，好像在這裡發生過什麼事？我繼續踏上階梯，迎面而來貼著「春」字的白漆房門，還有門門上的鎖。

昨晚的回憶猛然湧上來，我貼著門板聽到的哭聲、呼喚我的女性，翻滾中的樓梯與天花板……

是誰被鎖在姑姑的房間裡？這個家之中，還有誰？

站在姑姑的門前，這一邊是我小時候就看慣的日常，而薄薄門板的另一邊，真的有我所未知的什麼嗎？

猶豫了快一分鐘，一邊隨時警戒爸爸或叔叔突然走出房間，我終於伸手去拉荷包鎖。

果然還是鎖著。

試著再次把耳朵貼上門板，房間裡靜悄悄，昨晚的一切彷彿雷雨過後的乾淨天空，如果說真的有誰在裡面，她是出來了，或睡著了呢？

還是說，昨晚我印象中發生過的一切，都只是夢？

假設我躲進被窩裡後，不知不覺睡著，之後出來廚房擤鼻涕，聽見哭聲，一路追到二樓，然後在姑姑的門前聽見奇怪的話……假使這些通通都只是我睡著後作的夢，那麼我早上在被鋪裡醒來，不記得摔下樓梯後發生了什麼，也是很合理的事。

而且在這個假設之下，就不需要去思考為什麼會有人在上鎖的房間裡，或者這個人現在到底出來了沒有。

我在科研社一開始就有學過科學的思考方式，當解釋一個現象的所有假設尚未經過驗證時，我們會先採用最簡單的假設，直到這個假設被推翻，但就算以現今最完備的技術，也是不可能證明我有沒有作過那樣的夢。

眼看時間不早，我暫時放棄思考這個無解的問題，轉身走進浴室，加緊腳步準備出門。

我們跟禹真約在早上十點半，所以我十點就先跟何家瑋會合，由他帶路，一前一後騎著腳踏車橫跨這個小鎮。

昨天下過雨之後，今天倒是一個清朗的四月天，尤其騎車的氣流滑過肌膚，心情也跟著輕鬆起來，甚至有點要去郊遊的錯覺。

越過寬大的省道，海的氣味也漸漸濃郁，跟著何家瑋拐過越來越窄的巷道，在視野開闊的瞬間，我看到晴空中拔尖的燕尾，屋簷上兩隻展翅的飛鳳，中間擺著八卦，下面是三個金漆大字「靈鸞宮」。

廟口空地中央是一棵大榕樹。

就是這裡，阿公當年帶我來的地方，他會把腳踏車停在樹下，而禹真遠遠從三川門的石階跑下來，兩個小鬼頭在氣根間追來追去，但我們其實沒有多少時間玩，因為阿公和我搞不清楚的大人們簡單招呼兩句，送完帶來的東西後，很快就會趕著我去那個暗矇矇的房間，也許現在的我已經不會害怕那種地方，但回憶起當年的情境，就能感受到從過往傳來的顫慄。

我吸一口氣。

「哈囉！腳踏車隨便擺著就好。」遠遠看到禹真招著手，下石階跑過來，恍惚如同久遠前的情景，但她已經是當年覺得遙不可及的高中生，身穿水藍色的連帽外套和牛仔短褲，腳上依舊是那雙亮黃夾腳拖。

我們在大榕樹旁停下腳踏車，回頭看到禹真已經湊近來。

「你就是志錚哥哥的好人朋友嗎？」禹真一看到何家瑋就搶著對他打招呼，「謝謝你特別帶他過來！」

「妳好，我是何家瑋。」面對突然衝上來叫他好人的陌生女孩子，何家瑋表現得很沉著，微笑回答，「聽說妳是謝志錚的表妹，要叫妳什麼呢？」

「我的名字是彭禹真。」禹真朝氣十足地說，「家瑋哥，等一下我帶表哥看完現場之後，你也要一起來我家吃飯喔！」

糟了！我完全忘記跟何家瑋說禹真邀請我去家裡吃飯的事，不知道他下午還有沒有安排？我斜眼注意他的反應，只見他的微笑依舊，毫不見窒礙地回答：「這麼好啊？這樣打擾，不知道伯父伯母會不會麻煩？」

「我跟媽媽說過了，只要是志錚哥哥的朋友，媽媽都很歡迎！」

「那就太感謝了！」何家瑋對禹真微微欠身。

「不客氣！」禹真邊說，邊掏出她的口香糖，「來一片吧！」

「好吧，我們也該出發了。」見午餐的討論告一個段落，我趕緊把禹真拉回正題。

「等等，不是那裡。」禹真一把拉住我的T恤後背，阻止我往靈鸞宮的大門走，「我們走後門。」

「後門？」

「沒錯！」禹真大步超越我，回頭露出要送禮物前的神祕笑容。

我們繞過靈鸞宮的紅磚外牆，經過一道掉漆的鐵門，在我的視線飄進門內的院子時，聽到禹真說：「這裡上鎖了，因為發生宜春阿姨的事，金隆伯去買了大鎖從裡面鎖起來。」

「這是說，原本廟裡後埕是大家都可以進去的嗎？」走在我後面的何家瑋問。

「晚上是會關門，但是沒有鎖，真的想進去是沒問題的。」

「這樣不會很危險嗎？廟裡總是有香油錢什麼的，就算是在……」我噎了一下，沒有把「這種鄉下地方」說出口。

「香油錢當然有喔！定海夫人也算是香火鼎盛呢！」禹真的聲音帶著莫名的自豪，「不過我想應該是放在西廂房的辦公室，廂房會上鎖，所以沒問題的！」

雖然靈鸞宮正面看起來很方正，但後面的廂房只有單側，我們一路走來是單有磚牆、沒有廂房的東側，整體架構是前埕、正殿、西廂房與後埕、最後是後殿的格局，比起整修得華麗的正殿，後殿看起來陳舊許多，要不是屋頂上有燕尾，只怕我會把它誤當作普通的破房子。

拐過牆角，靈鸞宮與後面民房夾出一條窄巷，巷子裡停了一輛淑女車，車前磚牆上開了一道斑駁落漆的鐵門，禹真停在門前，從連帽外套的口袋拿出鑰匙，插進鎖孔。

「妳有鑰匙？」我不可思議地望著禹真轉動鑰匙的小手。

喀──鐵門應聲打開，黑暗透出縫隙，回頭的禹真露出得意微笑。

「這應該算是打工的福利吧？」

緊跟著毫不猶豫的禹真，我們踏進鐵門內，裡面是個類似玄關的空間，隨著禹真開燈，微弱的燈光中看見一道向下的鐵梯。

「要下去嗎？」何家瑋的聲音中聽到遲疑。

「對啊。」禹真馬上回答，「因為正殿隨時有人，從那裡經過會被大人攔住，所以就只好先進地下室，再從另一面的樓梯上一樓後殿，後殿出去就是後埕了。」

一邊說著，禹真開始下樓，輕快的腳步還是讓鐵梯發出嘎嘎的噪音，我小心翼翼跟在禹真的腳步後，一步步下降。

地下室沒有想像中的塵埃或霉味，一顆發黃的燈泡孤零零懸在天花板上，微弱黃光中的景物隨著我的移動出現殘影，我開始覺得頭暈。

有種似曾相識的感覺。

「啊，這是……」聽到背後何家瑋刻意壓低的驚呼。

眼前的空間看起來像是個木板隔間的小套房，中間是一張單人床，空蕩蕩的床墊沒有包床單，上面也沒有枕頭或棉被，靠牆有張折疊桌，擺著整組茶几和不曉得多久沒清的陳年菸灰缸，旁邊的矮櫃上有電磁爐和水壺，牆上掛著褪色的水果月曆。

「這裡以前是我伯公的房間。」不知為何，禹真也壓低聲量，「姊姊上大學前都是她幫伯公送飯，有時候我也會幫忙，後來伯公生病之後都是媽媽在照顧，所以家裡才會有地下室的鑰匙。」

伯公的話——我用發脹的腦子試著釐清——應該是阿嬤的大哥，阿嬤有兩個哥哥和一個姊姊，二哥就是禹真的外公，大哥好像沒有結婚。

「妳的伯公是廟裡的人啊？」何家瑋問。

「他是定海夫人的乩身。」

瞬間的眩暈感讓我閉上眼睛，透著燈光的眼皮發紅，有點想吐，說不出哪裡不對勁，但一切都讓我噁心。

「怎麼了？」何家瑋被我頓下的腳步阻擋。

我勉強張開眼睛，正好看見禹真擔憂的大眼回頭看我。

「沒事，這裡太暗了。」我還是對禹真微笑，她用十倍燦爛的笑容回應我，幾乎像是把這個房間照亮一般。

禹真繼續前進，轉開木板隔間上的門，我打起精神，緊跟在她身後。

迎面是一扇通往樓梯下三角空間的門，半開的門縫裡反射鏡子的銀光，門口還擺了一袋垃圾，看樣子是大舅公的浴室，轉頭看到比前個隔間小一點的空間。

「小心走。」禹真低聲說，同時放慢腳步，伸手摸牆，「這邊我也沒來過，我先找找電燈開關。」

一道強光突然從我後面亮起，轉頭看到何家瑋舉著充當手電筒的手機。

這個隔間也擺了一張單人床，而且床單、枕頭和棉被一應俱全，但除了角落一個簡便的布衣櫥外，沒有其他家具。

「這個房間又是誰在住？」何家瑋低聲問。

「不知道欸，我每次來送飯都只有看到伯公，這應該是空房間吧？」

有了手機的光源，禹真放棄開燈，直接上樓。這一邊的階梯是磨石子的，比剛才走下來的鐵梯看起來安全許多，我快步跟上禹真，何家瑋殿後照亮我們。

隨著視線超過一樓的深綠磨石子地，迎面是一片深紅。

深紅色的房間，這是我第一個印象，然後才發現是照進紅檀格窗的幽暗日光把後殿染成濃重的顏色，清一色沒有上漆的深棕木雕樑柱更加深這個空間的凝滯，每一步踏出去都覺得虛浮。

後殿中央是一張紫檀神桌，桌上一列六個牌位，沒有裝飾的小香爐裡稀稀落落插著香腳，香爐前供了一團凌亂糾結的紅線，甚至有一端垂出桌緣，散開的線頭懸在近地的半空晃啊晃……

喉頭緊縮。

突然喘不過氣來，臉好脹，眼睛無法對焦線頭，鮮紅在視野中暈開。

一閃。

尖齒在無瑕的肌膚上嚙出一道又一道紅，鮮血在裸背上流淌，與腰窩上綁的紅線結交錯，更多紅線與烏黑的髮絲交纏，往前延伸聚集，消失在我看不見的某處。

呼——哼——

那是女性微弱的喘息，彷彿就在我耳邊，感覺得到吹氣地清晰。

背脊一悚，一路竄上腦中的念頭唯有……

拚命想要看仔細，看清楚她背對我的容顏，但我動不了，腳抬不起來，手伸不出去，連眨眼也無法，連呼吸也無法，或許……連心跳都無……

「志錚哥哥！」

她消失了。

眼前被強光取代，我眨眨眼，漸漸看到強光之外是拿著手機照我的何家瑋。

「你在看什麼？」何家瑋沉聲問。

我在看什麼？

順著我面對的方向是後殿東面的牆，牆上掛了幾樣奇形怪狀的東西。

「那把劍嗎？」禹真走到牆邊，抬頭端詳，何家瑋也把手機的燈光轉向牆上掛的劍。

除了禹真看的中國劍以外，牆上還有一支大紅色像擀麵棍、但是長滿刺的東西，刺與刺間還用紅繩織成網狀，再來是一把紅柄半月形銀刃的小斧頭，最後是一顆像海膽的刺球，刺與刺間同樣用紅繩織成網狀。

「這些都是法器吧？」何家瑋走到禹真旁邊，用燈光一一掃過牆上的東西，「在廟會的時候常常看到，每間廟都是這些，不過這裡怎麼只有四樣？」

「應該要有幾樣……啊，五樣對吧？」禹真說到一半，便指出牆中間空下來的釘子。

「對，還缺了鯊魚劍。」何家瑋回答，「妳應該也有看過吧？形狀像是劍刃的邊緣長出牙齒，材質有點像是骨頭，聽說是一種鯊魚的角。」

好像，那就是剛剛夢中的……剛剛那個是夢嗎？

眨眼間彷彿又看到那個女子，微側著終於能窺見鼻尖的臉。

再一次眨眼，面前只有抬頭研究法器的家瑋和禹真，他們的聲音聽起來好遙遠，像是在水底聽到泳池邊的吵鬧，一點都不知道有什麼事情可以討論得這麼津津有味。

「你……」

如同水波般深沉，直接打上鼓膜的聲音。

「來……」

溫柔鑽進耳道，甜膩得發昏。

「陪……」

彷彿自耳朵一點一點滲入腦中，在我的神經元間迴響。

「阿錚！」

肩膀突然被搖晃，何家瑋不知哪時又轉身面對我：「差不多該出去了，我們真正的目標是中庭，別在這裡逗留太久。」

「啊……」我一時找不到語言，只能呆愣著。

「志錚哥哥，你的臉色好糟喔！」禹真把鼻尖湊近我，幾乎要拂過臉頰的髮絲帶來一股淡淡的柑橘香，我的噁心感突然舒緩許多。

「要來一片嗎？」口香糖突然出現在眼前，伴隨禹真笑瞇的眼睛。

「這不是吃口香糖的時候吧！」雖然口氣輕鬆，何家瑋望過來的餘光好像也有點擔心。但我接過禹真的口香糖，對她微笑道謝：「謝啦！我應該是有點暈『路』。」

「這裡空氣太不流通了。」何家瑋邊說，邊伸指頭往紫檀神桌一抹，但桌子很不捧場地沒半點灰塵。

嚼嚼口香糖，香茅的辛辣馬上充滿嘴巴，腦袋也跟著舒暢許多，剛才還很鮮明的畫面像是睡醒後的夢境，漸漸被日光蒸發。

這就是所謂的白日夢嗎？突然意識到我剛剛幻想的是一個不知名女性受虐流血的場景，感覺渾身燥熱起來，我平常的興趣可是很健康的，硬碟裡完全沒有跟暴力沾上邊的片子。

更別提當我看著流血的她時，那種彷彿被掐緊脖子、就要窒息的感受，好像我才是那個遭受虐待的人，正常的時候，我怎麼可能會幻想這種痛苦？

得趕快離開後殿才行。

「好點了嗎？」禹真挨近我的臉，眨著眼睛，仔細端詳。

「沒事的。」我匆忙回答，「我們快去後埕吧！」

禹真回到神桌前，拉開往後埕的門栓，然而她雙手往內一拉，大門卻文風不動。

「咦？」禹真再使力，但大門確確實實卡住了。

「那邊的門可以走嗎？」何家瑋走回我們上樓的階梯前，那裡有一扇很普通的木門。

「那是往辦公室的。」禹真皺眉，「辦公室是也可以出去啦，但是很奇怪欸！這扇大門的外面又沒有門栓，為什麼打不開？」

唉——

是嘆息嗎？我不想轉身確認，因為我知道後面只有神桌上的六個牌位，這只可能是我的錯覺。

何家瑋伸手去轉喇叭鎖，還好沒有上鎖，木門應聲轉開，我趕緊走過去，幾乎是推著何家瑋前進。

趕快離開這裡吧！剛剛那些影像、聲音，一定都只是睡眠不足的幻想，離開這裡就好了！

「是真的喔。」甜膩而溫柔的聲音。

我回頭，對上禹真疑惑的臉。

「沒事。」我跨過門檻，一點都沒有想過要問禹真她剛剛是不是說了什麼，她說了我會覺得奇怪，因為那一點都不像她清脆明亮的聲音；她如果沒說……我不想知道。

我們走進作為辦公室使用的廂房，這裡有張大辦公桌，兩三個玻璃櫃的資料，木頭沙發組圍著擺茶具的桌子，面向中庭的木拉門上半段是鑲玻璃的窗，採光很好。

我越過何家瑋，急急忙忙拉開門，迎面是近正午的陽光，我眨眨眼睛，才看清楚後埕的擺設。

地上鋪的是石板，正對面磚牆上開了一道生鏽的鐵門，上面掛著嶄新的大鎖，上鎖的不只是側門，左手邊後殿的大門也上了鐵鍊，難怪剛才禹真會打不開，右手邊是靈鸞宮的正殿，離我們最遠的方向開了個通道，剩下的牆面彩繪著已經斑駁的壁畫。

後埕正中央是一口淺淺的井，我走到井邊，低頭往深處望，隱約看到很遙遠的反光，但看不清自己的倒影。

「還有水欸！」何家瑋也走到井邊探頭。

「不過沒在用了。」禹真說，「廟旁邊加蓋的公共廁所就有自來水，我從來沒看過有人從這口井打水。」

確實，雖然井邊有鐵架，但沒有看到繩子和水桶。

「我姑姑……她是在哪裡……」我嚥下口水，抬頭看禹真。

禹真還站在廂房的門邊，朝著我們遙遙舉起食指。

「就在那裡……那口井邊。」

何家瑋突然倒退兩步，我轉頭過去，正對上他狼狽的視線。

「啊……阿錚，對不起！我一時有點……」他搔著後腦，一臉過意不去地望著我。

「沒關係……」我搖頭，已經沒有心力去在乎別人無理的忌諱，只想全力找到姑姑最後的理由。

把視線轉回水井深處，在我的想像中，一身紅衣的姑姑在狹窄的井中搖晃，只能從一方洞口看見純黑的長髮，如同水波般漂漾。

可是，為什麼是紅衣呢？

「其實我也是聽說的。」遠遠聽到禹真的聲音，彷彿怕被偷聽的細語，「清早來打掃的秋貴姨婆發現有人吊在井裡，嚇得馬上跑去金隆伯家敲門，金隆伯過來之後才報警把人拖出來，還好金隆伯認得宜春阿姨，所以馬上就通知重禧舅舅過來。」

「妳說的金隆伯，是這裡的廟公嗎？」我回想那個讓人不舒服的靈鸞宮阿伯，他怎麼會認識姑姑？

「對啊，好像是姓涂吧？就住在廟旁邊，從我有印象的時候，就是他在管理靈鸞宮。」

何家瑋輕嘖一聲，然後說：「警察覺得阿錚的姑姑從原本沒上鎖的側門跑進來，利用這口井尋死嗎？」

「我也不知道欸。」禹真搖頭，「那天我放學回家聽說的時候，連警察的封鎖線都已經撤掉了，我那時候也有跑過來看，廟裡超多人，簡直跟建醮的時候沒兩樣，我是有聽大人說要把側門上鎖，應該就是怕再有人跑進來吧？不過事件發生之後，住在靠側門那條巷子的阿公阿嬤，每天吃飽沒事就盯著廟看，應該也很難有人這麼做。」

到底為什麼姑姑會跑來靈鸞宮呢？不想在家裡造成家人麻煩的話，還是可以去附近的空地，姑姑連機車都沒有，深夜也不可能有公車，光是要走來靈鸞宮就夠麻煩了，怎麼想都應該有必須選這裡的理由。

「那繩子呢？」何家瑋又問，「妳有沒有聽說她是用什麼繩子？」

「是紅線。」

「欸？」那個瞬間對紅線的回憶讓我沒憋住驚叫。

「是啊，糾纏在一起而變粗，可以支撐一個人重量的紅線。」禹真看著我，表情蒙上不適合她的悲傷，「據說發現的時候，她身上只有一件大紅洋裝，裡面什麼都沒有。」

這次我緊咬下唇，沒有發出聲音，何家瑋倒是不解地問：「裡面？裡面還要有什麼？」

「笨蛋！」禹真脹紅了臉，伸手就往何家瑋的背大力搥下去，何家瑋一岔氣，撫著胸口猛咳。

「你裡面難道空蕩蕩的，都不用穿內褲嗎？何況女生又不只有下面。」禹真氣呼呼的聲音一時拉高。

「是誰？」男人的大吼傳過壁畫左邊的門，一個矮肥的身影大步走出。

「金隆伯！」禹真出聲的同時，我也認出這個有過同車之緣的男人。

「猴死囝仔！你們怎麼進來的？」金隆伯衝著禹真大罵，禹真眼睛飄了一下，還沒下定決心要跑，就被一把抓住細瘦的手臂，我看她吃痛皺眉，也跟著眉頭一皺。

「我……我們走地下室啦！」禹真唉叫。

「地下室！」金隆伯簡直要把眼球瞪出來，「後殿是可以讓你們亂跑的嗎？上鎖的地方就是不能進去，這麼沒家教！」

「我是用鑰匙開的啦！只是經過而已，什麼東西都沒有碰。」

不反駁還好，一聽到禹真這麼說，金隆伯高舉左手，我一看苗頭不對就衝上去，瞄準禹真臉頰的巴掌打到我變成在肩膀上，雖然痛得很，至少不會眼冒金星，但可想而知如果真的打在禹真臉上會怎樣。

「要罵我們就罵，幹嘛打人啊？」我硬擋在禹真和金隆伯之間，迫使金隆伯鬆開禹真的手，「要來這邊是我說的，彭禹真只是幫我而已，要罵也是罵我。」

「是阿剩的長孫志成啊……」金隆伯掃向我的視線和他跟爸爸說話時完全兩樣，彷彿在看擋路的野狗，「你們這些猴死囝仔就是該打，等你懂事就知道感謝恁爸。」

大概這兩天的鬱悶一口氣爆出來，我衝著金隆伯一句話：「我叫謝志錚，連名字都不知道，少在那邊裝長輩教訓人。」

「好啊……」已經很靠近的金隆伯又向我跨近一步，一把揪起我的領口，何家瑋也靠過來，在旁邊舉手預備，卻不敢抓任何一方。

「金隆伯，有話好說……」

然而何家瑋的話完全被無視，金隆伯掄起拳頭，眼看就要往我的下巴過來。

「這邊是在做什麼？」

我順著聲音轉頭，見到一個黝黑精實的中年大漢立在正殿過來的門口，他的平頭中已經出現灰髮，但汗衫下久經勞動的肌肉看起來還是大勝尋常弱雞少年。

「阿舅！」聽禹真叫人，我瞬間明白他就是許久未見的坤水伯伯。

「坤水！」金隆伯的拳頭緊急剎車，「我抓到芳錦家細漢的和阿剩嬸的孫子跟這個不知道哪來的猴死囝仔偷跑進地下室。」

「我們只是經過啦！是要來中庭看綁肉粽的地方。」禹真尖聲辯解。

「對！就是來這裡看熱鬧！」金隆伯更加怒氣沖沖。

原本就豁出去的我大聲回去：「謝宜春是我姑姑，我想要來看有什麼……」

「安靜。」也不是特別大吼，蔡坤水一出聲，我和金隆伯都沒再說話，坤水伯伯看著金隆伯，然後說，「雖然禹真和志錚都不姓蔡，但都是蔡家的後輩，後輩不懂事，是長輩沒教訓，當她們的阿舅，我跟你道歉。」

然後他轉頭看禹真，一雙細小的眼睛瞪得嚇人：「禹真，妳們沒問過金隆伯就進去地下室嗎？」

禹真垂下視線，然後緩緩點頭。

「那麼跟金隆伯道歉。」坤水伯伯說得平靜，但很堅定。

「唔……對不起。」禹真仍然低著頭。

「金隆伯，對不起。」何家瑋馬上接著說。

我看到坤水伯伯的視線轉過來，心裡明白他的意思，雖然一口氣難嚥，還是咬牙說：「抱歉。」

這般一輪下來，金隆伯終於悻悻說：「好吧，知道就好。」

「他們就交給我來教訓，金隆兄休息吧！」坤水伯伯順勢這麼說，終於讓金隆伯走進廂房。

禹真看著金隆伯的背影，作勢要吐舌頭，但又被坤水伯伯瞪了一眼。

「好啦，金隆兄那關過了，我還沒說要讓你們過我這關。」坤水伯伯掃視我們三人，視線最後停在何家瑋身上，「少年仔，你是誰家的孩子？」

何家瑋抬頭挺胸，像是在軍隊報數般回答：「阿伯，我叫何家瑋，住頂庄，是謝志錚的鄰居，今天借他腳踏車又幫他報路，所以才會來這裡。」

「很好，有義氣。」坤水伯伯點頭，然後望向我，「志錚，你說想來看宜春過世的地方？」

「對，我請禹真帶我來的。」我直視回去，生怕一個退縮又要讓禹真被罵，「我不懂為什麼宜春姑姑要跑來這個一點關係都沒有的地方尋死，所以才想過來看看。」

「一點關係都沒有啊……」坤水伯伯喃喃重複，「志錚，你阿嬤往生的時候你還小，所以大概一直都沒有人跟你說過。」

他走到正殿的牆邊，回頭示意禹真：「來吧！說說這個故事給妳表哥聽。」

禹真縮著脖子，踏著很小很小的步伐上前，我第一次把目光放在靈鸞宮這幅壁畫，畫的是波濤洶湧的大海，天上還刮著巨風，浪尖上有一艘小船，船上立著一名古裝女性，岸上擠了許多趴跪的人。

「這個嘛……是定海夫人的故事。」禹真結結巴巴開口，「她是我們的祖先，一個很偉大的人，因為颱風，很多村民出海都不知道能不能回來，定海夫人就自願去跳海，然後就風平浪靜，大家都回來了。」

雖然感覺很壓抑，我還是聽到坤水伯伯嘆了一口氣。

「志錚和家瑋雖然不在下庄，應該也知道我們這裡都是討海人。」坤水伯伯望向我們，自己娓娓道來，「我自己不說，禹真她阿公到前幾年都還有在出海，最近才慢慢把船都交給我管。」

他回頭看著壁畫，繼續說：「可想而知，海象對我們來講比什麼都重要，尤其是在以前沒有天氣預報的時代，老祖宗有很多看天的祕訣，其實也能預測七八成，不比氣象局差多少。」

「不過在嘉慶那個時候，有一年一連來七八個颱風，不能出海對我們生計影響很大，好不容易有一天風平浪靜，村子裡幾乎所有船都出了，卻突然颳起大家一輩子都沒見過的暴風雨，討海人的妻子、父母、兒女都很擔心，但什麼也不能做。」

我看著壁畫上誇張的海浪，何家瑋也站到我旁邊認真聽故事，只有禹真在壁畫旁低著頭。

「那時一個蔡家的女兒，原本已經出嫁，但丈夫性情不好、喜新厭舊，沒多久就把她休回來，她便和哥哥、弟弟兩家人住一起。那天她的兄弟兩人都出海了，嫂嫂抱著一個還不會走的孩子，弟媳還有身，怎麼都等不到男人回來，於是那女兒說——人吃海，海也吃人，吃這麼多孩子的阿爸，不如吃我。」

——不！

尖銳淒鳴在我的耳朵中迴響，聽起來很遙遠，但坤水伯伯的聲音聽起來更模糊，我努力集中精神，不想理會只可能是錯覺的聲音。

「然後她就駕著唯一一艘因為壞掉而留在港內的小船出海，那艘小船消失在浪中的時候，風就停了，沒多久村裡的漁船陸陸續續回港，就只有那艘小船再也沒有回來。」

很噁心，噁心到不太能思考。

——不要！

是誰？隱約覺得不對勁，聽起來實在太清晰，但我沒有東張西望，只是用眼角餘光尋找聲音的來源。

「因為是被休回娘家的女兒，她的牌位既不能供在夫家，也不能供在娘家，不過為了感謝她的奉獻，村子裡的人合力幫她在海邊立了一座小祠，從此尊稱她為定海夫人。」

——才不要。

我很確定有聽見聲音，但也很確定這裡沒有別人，唯一的女生禹真似乎很無聊，直盯著自己的夾腳拖看。

「定海夫人的犧牲換來十六年豐收，蔡家漸漸有錢起來，成為這一帶的船東，第十六年的時候，她哥哥的長男突然起乩。」

——呵呵。

我忍不住悚然，稍微偏頭，西廂房大門緊關，連金隆伯都還沒出來，更別提發笑的女孩子。要問嗎？這個念頭只在腦中出現一瞬，就被我自己否決，那個方向不可能有別人，剛剛我們自己從後殿經過辦公室出來的，禹真家的鑰匙也被我們拿來，不會有別人再從後門進來。

「起乩知道吧？」坤水伯伯好像把我的反應當成不懂，「那個囝仔雙眼發直、抖了一陣，然後就被夫人上身，開始用姑娘仔的口氣講話，告訴哥哥說，她的犧牲只能換給下庄海象十六年平靜，但她會繼續幫村人打探海象，透過乩身降旨給村人，以後蔡家世世代代都要出一個人來侍奉她，一世不娶不嫁，活著給她降駕傳旨，死了與她同享香火。」

感覺到那個聲音又要開始蠢動，我蠕動嘴唇，輕吐出無聲的：「安靜。」

何家瑋好像瞥了我一眼，我假裝專心聽伯伯說話。

「庄內其他人聽說定海夫人靈驗，於是集力把原本的小祠蓋成一座廟，就是現在的靈鸞宮，當時出力最多的就是蔡、涂、方三個家族，方家後來一脈單傳，在二次大戰的時候被送去南洋，再也沒有回來，光復後這幾十年，廟裡的事務一直都是涂家在管，至於我們蔡家，傳到禹真的伯公已經是第六代乩身。」

坤水伯伯說到這裡，緩了口氣，對我苦笑：「你不會再說宜春跟靈鸞宮沒有關係了吧？」

「嗯。」我點頭，但其實心裡的疑惑沒有解除，可以理解坤水伯伯想要傳承的心，但從小在頂庄長大的姑姑恐怕跟我一樣，對定海夫人沒有多少了解，頂多當作阿嬤說的床邊故事吧？況且如果阿嬤精神狀況有問題的傳聞是真的，姑姑搞不好連這個傳說都沒聽過。

「阿舅，講古完了嗎？」終於抬頭的禹真問。

「講也要你們有聽進去才算數啊！」話雖這麼說，坤水伯伯倒也沒有意思要刁難我們，「好了，回去把鑰匙還給妳媽媽，本來是拜託她照顧妳伯公，不過她之前一直都讓妳們囝仔去做，現在伯公也已經不在，不要再進去廂房地下室了。」

「遵命！」禹真把手舉到額前，笑了笑，然後立刻轉身，「阿舅，那我要帶志錚哥哥和家瑋哥回家吃飯了，好餓喔！」

「去吧！」坤水伯伯才出口，我們就看到禹真催促的眼神，連忙跟著她穿過門廊，走進正殿。

經過神壇時，我特意轉頭望了一眼，不過在香爐、鮮花和垂簾的重重遮擋之下，實在看不清楚定海夫人的金身。

正殿裡從天花板雕花、鳳柱到陶磚地，都被百年來的香火燻黑，整個空間瀰漫著讓人頭昏腦脹的檀香味，不過還是比後殿好得多，至少我沒再看到什麼奇怪的東西。

勉力跟著禹真迅速的腳步，我們很快回到廟埕。

「呼——」禹真的步伐又放慢回散步，「歹勢，我阿舅講到家族傳統什麼的就有點囉嗦。」

「不過他滿明理的。」何家瑋往樹下去牽腳踏車，「要不是他出面，我看阿錚要把金隆伯狠狠揍一頓了。」

「我哪敢？」

「噗哧！」禹真笑瞇了眼睛，「不過剛剛志錚哥哥很帥欸，謝謝你！」

「啊……喔。」我一時想不到要回答什麼。

禹真似乎也沒聽，她轉身往廟的後面去，一邊回頭說：「我去牽腳踏車，你們等一下騎來剛才進去的後門那邊喔！」

「ＯＫ！」何家瑋爽快地回應，他已經跨上腳踏車。

我連忙牽車，但不熟悉的大鎖讓我卡了一下。

「快點吧，超帥的志錚哥！」何家瑋忍著笑的聲音一聽就沒安好心。

「別鬧了，只不過是表妹，有什麼好開心的？」

「我沒有說你很開心喔！」何家瑋竊笑。

「拜託！是誰聽到表妹就要跟過來的？」我總算轉開大鎖，也跨上腳踏車，重重一踩，「走吧！我也快餓死了！」

風吹起來的瞬間，我又看了一眼「靈鸞宮」三個大字，跟一個多小時前來的時候看起來沒兩樣，可能上百年來都是這個樣子。

「阿錚。」背後突然傳來何家瑋的叫聲，「你的調查，就這樣了吧？」

連在心中都不敢說出來的疑問被何家瑋化為言語。

「也說不上調查吧？就只是來看看而已，沒別的事可以做了。」雖然是這樣講，我不住想到從進了後殿後就斷斷續續聽見的怪聲音，那真的只是我的錯覺，還是有什麼原因造成的？偏偏這時候又安靜得很。

「我今天早上特別去地方報紙上找你姑姑的新聞，警察調查發現她身上有很多自殘的傷痕，有的還很舊了，所以自殺應該是確定的，但像是選擇地點這種事，如果你姑姑自己沒有留下訊息的話，也不會知道了吧？」

不甘心，但也沒辦法反駁何家瑋的話，就算追來了這裡，我還是沒有多知道姑姑一點什麼。

「能做的也做了，今天下午就好好玩吧！」何家瑋超車過我，「你明天就要回去了，難得回來一趟，如果都在想這些啊雜的事情，也還蠻慘的。」

我雙腿加速，看到被我慢慢追平，何家瑋在踏板上站起來，車速又上升了一段，我也馬上跟進，在輪轉中把變速調到最大，兩輛腳踏車就這麼衝過了靈鸞宮。

「喂！」

遠遠好像聽到女孩子的聲音，我滿身的汗瞬間有點冷。

「你們就這樣跑了，誰帶路啊？」

「糟糕！是你表妹。」何家瑋緊急剎車，我差點撞上後輪，只能偏轉龍頭，一個甩尾後停下。

只見禹真騎著那輛破破爛爛的淑女車，悠晃晃過來。

「誰再超過我就不讓他進去吃飯！」撂下狠話的禹真從我和何家瑋中間穿過，我看到何家瑋臉上無聲的微笑。

「走吧！我不想餓肚子。」說著，何家瑋繼續踩動踏板。

「我也要衝了！」專心在加速踏板的雙腿，我拋下靈鸞宮，往熱騰騰的午餐前進。

牽亡

果然從靈鸞宮出發不到五分鐘，禹真就停在一棟白磁磚透天厝前面，她打開鐵門讓我們把腳踏車停進院子，一邊往屋子裡大叫：「媽！我帶志錚哥哥和他朋友過來了！」

屋子裡傳出熱油下鍋的聲音，還有芳錦姑姑大叫回來：「我快煮好了！妳先帶他們去客廳坐。」

我們跟在禹真後面進屋，不等禹真帶位，就自動往客廳沙發上坐好，不過屁股才沾上座位，旁邊就響起電話鈴聲。

「喂？」禹真接起電話，然後馬上轉頭往廚房去，「媽！舅舅找妳。」

「這麼會選時間。」芳錦姑姑一邊碎唸一邊走出來，穿家居服的她依舊綁著鋼刷般的馬尾，她接過電話筒，不忘對禹真說，「我在炒肉絲，去顧一下火。」

禹真從沙發上蹦起來，往廚房去了，我和何家瑋對看一眼，也跟著閃進廚房。

只見禹真拿起鍋鏟和炒鍋，很熟練地翻攪起來，藍帽子從她的黑髮上滑落，原本綁小馬尾的髮圈也鬆脫，她一甩頭，髮圈掉進帽子裡，放不及肩的短髮自由，雖然背影仍然嬌小，卻一時添上超乎年齡的氣質。

「原來妳還會做菜啊？」何家瑋一副驚奇。

「哼，當然囉！我可是中餐組呢！」禹真邊說，邊抓起調味罐，華麗地灑了一圈。

「中餐組？所以妳平常都負責煮中餐，其他人煮晚餐嗎？」

「不是啦！」想不到這句話讓禹真特意回頭來展示她氣鼓的臉頰，「是餐飲科的中式餐飲組。」

「所以真的是專業廚師欸！」何家瑋聽起來無辜的聲調反而被禹真白了一眼。

「沒有燒焦吧？」芳錦姑姑的聲音恰巧在這個當頭出現在我們背後。

「齁——」禹真癟嘴交出鍋鏟，「我哪一次有燒焦過啦？」

芳錦姑姑完全沒有理會，笑著對我和何家瑋說：「你們別站在這裡熱，就當自己家吧！要什麼儘管跟禹真說……啊，冰箱裡有沙士，先幫他們倒一下。」

雖然不太服氣，禹真還是乖乖打開冰箱，然後把我們跟沙士一起推出廚房。

餐廳的圓桌上雖然還蓋著紗罩，但看得出紗網裡豐盛的碗盤，禹真默默把杯子和沙士推到我們面前，我和何家瑋也識相地自己倒飲料。

「欸？你們來了。」

轉身看到一個陌生的女性，莫約大學生年紀，有著和禹真相似的瘦臉，但雪紡紗白襯衫下是完全不同等次的身材發育，染成淺金色的長髮綁作高馬尾，黑框眼鏡後的大眼睛帶著笑意端詳我們。

「彗璃姊？」我試著叫出印象中表姊的名字。

她嘴角漾出真正的笑，輕快地說：「果然志錚是這一個呢！想說當年瘦巴巴的小鬼應該沒可能長成這麼大塊頭。」

說著，彗璃姊對何家瑋眨眼，何家瑋趕緊說：「我是志錚的鄰居，今天是因為幫他帶路，所以才一起過來。」

「都好，好好玩吧！」彗璃姊揮揮手，在桌邊坐下，塗著深紫色指甲油的纖長指頭拍拍桌面，「禹真，飲料。」

「老姊很懶欸！」話是這麼說，禹真還是乖乖奉上八分滿的沙士。

說話間，芳錦姑姑終於端上最後一道菜，姑丈也來到餐廳，六人圍著圓桌開始吃飯。

有大人在的場合不免要身家調查，不過還好有何家瑋在，吸引了不少問題，他也總是從容地回答，還會適時講些好話，多來個幾次，搞不好表姑和姑丈都想把他收來當女婿了！

不過該來的還是會來，芳錦姑姑沒讓我避開風頭太久，笑咪咪轉過來問：「志錚，你下午有什麼計畫嗎？」

我腦中還是空白的，不料禹真搶先開口：「我們要去打籃球。」

籃球？我望向禹真，她笑笑望回來，一副從沒想過我會說「不」的樣子。

「要去打球喔，家瑋也要去嗎？」芳錦姑姑的笑容轉向何家瑋。

「好啊。」何家瑋很快回應，但同時瞥向我，我對他苦笑，禹真想打的話，確實也沒什麼不好。

「不過我們只有三個人，所以……」禹真偷看始終低頭吃飯的姊姊，「老姊，一起來打籃球吧！」

「不要。」彗璃姊瞬間回答，連視線都沒有飄上來。

「一起去嘛！」禹真把臉貼近桌面，眨著期待的眼睛仰望姊姊。

「不要。」乾脆而俐落，彗璃姊再次毫不留情地打擊妹妹的願望。

「彗璃，難得你表弟帶朋友過來，就陪他們去玩嘛！」芳錦姑姑在這個時候插嘴，「不然妳回家還不都是躺在床上滑手機。」

彗璃默默把碗筷放下，轉身離開餐桌，我和何家瑋相覷一眼，一時不敢講話，但禹真對我們眨眼，看起來依舊滿臉笑意。

芳錦姑姑碎念了一番，但沒多久大家都吃飽，紛紛離開餐桌，我們把剩菜和碗筷收進洗碗槽，然後被負責洗碗的姑丈趕出廚房。

出來的時候，看到彗璃姊站在門口，襯衫已經換作白T恤，襯出腰身的曲線，下半身是紫紅色的七分運動褲，球鞋也已經穿好了。

「呀呼！」禹真高舉雙手，一蹦就飛撲到姊姊身上，由這個跳躍力看來，等一下不是好惹的對手，而穩穩接招、晃都不晃一下的彗璃姊，腳力也不會太差。

「我們出門囉！」禹真高聲宣布，兩腳套進夾腳拖，就這麼出發了。

因為只有彗璃姊滿十八歲，所以她陪我們騎腳踏車，我們去禹真以前的國中打球，學校在往靈鸞宮的方向，但更遠一點，不過也只花了我們十分鐘左右。

籃球場空蕩蕩，禹真抱著籃球，踢開夾腳拖，第一個跑到籃框下，順勢來個三步上籃，籃球在框上轉了半圈，很不捧場地滾出來。

「還是不會進球？校隊打假的嗎？」彗璃姊悠悠晃晃地踱步進場。

「再差也不會輸給上大學後就不曬太陽的死宅女！」禹真說完，轉頭把球往我傳，「志錚哥哥，你要選誰同隊？」

「問我嗎？」反射接過球的我一愣，兩男兩女二打二，禹真言下之意就是叫我在她和彗璃姊之間選一個吧？我回頭看彗璃姊，她用手指遮陽光，沒事人一樣地走過來，跟在後面的何家瑋一臉憋笑，大概幸災樂禍禹真不是把這個難題拋給他。

「如果想要證明球技的話，禹真是個好選擇喔！」彗璃姊對我拋來一個眨眼。

「老姊才是咧！」禹真馬上跳腳，推著我的肩膀面向彗璃姊，「快快！志錚哥哥快選老姊！」

我和彗璃姊對上視線，她淺淺一笑，意外溫暖而柔軟，我感覺被穩穩推了一把，開口說：「彗璃姊，我們一組可以嗎？」

於是，我們的二對二大勢底定。

事實證明這是個勢均力敵的好選擇，何家瑋挾帶體型優勢，幾乎是籃下橫掃，但他打得客氣，不會硬撞出去，而是趁亂傳球給禹真，禹真個子小又靈敏，總是從意想不到的角度竄出去繞半場，然後切入上籃。

在傳球前攔截是我們最好的時機，彗璃姊憑身高優勢把禹真盯緊，我伺機攔截何家瑋傳球，繞出禁區再回傳給彗璃姊投籃。

彗璃姊投籃很準，球到她手上就九成得分了，但前提是要傳得過去，不知道是默契不好還怎樣，每次我的假動作都沒騙到敵手，反而騙到隊友，好幾次不是被何家瑋在空中攔截，就是被不知道打哪來的禹真從手上摸掉。

不過無所謂，畢竟跟表妹打球沒什麼好計較，尤其看到禹真搶到球得意洋洋、笑容都要滿出來的樣子，心情也很難變差，彗璃姊看到我又手滑，也只是輕嘖兩聲，眼角依然帶著相同的柔軟，這兩天以來的陰鬱好像都隨著汗水流出，什麼怪夢或怪聲音都變得不重要。

然而，在何家瑋和禹真一輪無縫接軌的攻勢讓我們一連丟八分之後，彗璃姊在我耳邊低聲說：「等下你一樣裝作傳給我，但自己上籃吧！」

比數到這裡我也開始輕鬆不起來，一番積極守備之下，成功蓋掉禹真的投籃，球到手上，我回身閃過何家瑋，運球出禁區。

彗璃姊在籃下左側對我招手，我作勢要傳，然後……

「小心右邊！」

耳邊低語響起，我的餘光同時掃到禹真偷偷靠近，於是硬停住轉身的動作，改由何家瑋跳起來的空隙運球出去，禁區一時無人阻攔，我三兩步到籃下，一個二分球入手。

「幹得好！」彗璃姊跟我擊掌。

「為什麼被發現了？」禹真忿忿不平地大嚷。

「還說為什麼，不是妳自己……」我講到一半自己住嘴，剛剛在我耳邊提醒的女孩子，是誰？

我瞬間沒心情打球了，原本應該乘勝追擊，卻一連幾個失誤，分數從危險變得難看，總是覺得有人在我耳邊說話，但分神細聽卻什麼都沒有。

「還好吧？」

突然被何家瑋拍肩，我震了一下，瞬間又收到禹真和彗璃姊疑惑的目光。

「我……」想解釋但又不可能說明，聽到一個不存在的女孩子提醒我小心禹真，怎麼想都連我自己也不會相信，「我去一下廁所。」

匆匆轉身跑離球場，背後還聽見禹真笑說：「原來是要挫屎了！難怪結屎面！」

跑進校舍尾端的廁所，我把自己關進最裡面的隔間，褲子也沒脫就坐在馬桶上，明明跟打籃球比起來算不上什麼跑步，卻聽到自己在耳膜鼓脹的心跳聲。

「喂！」我試探性地低喚。

陰暗的廁所中一片安靜，連回聲都沒有。

怎麼可能會有回應呢？我笑不出聲音。已經受夠了，從在靈鸞宮的後殿開始，就一直聽到同一個女孩子的聲音，不——要說聽到奇怪的聲音，或許從昨天晚上不知道是不是夢的哭聲，就已經算是了。

「妳到底是誰？」明知道不會有回應的問話，我也搞不清楚自己到底想不想聽到回答，如果有的話，她到底是什麼？如果沒有的話，我到底又是怎麼了？

「妳是想幫我還是害我？」忍不住又問，或者其實只是想發洩，「一直跟我講莫名其妙的話，又不現出身形，是要讓我害怕嗎？如果妳這麼想捉弄我，剛剛打球為什麼要提醒我禹真在右邊？」

——唉。

剛剛是吹過門縫的風聲，還是嘆息？

「喂！」我又叫了一次。

鴉雀無聲。

「可惡！」我踹了一下塑膠門板，「嘆什麼氣啊？有話就說啊！不是很愛講？」

「謝志錚！」

是何家瑋的聲音，我連忙住嘴，但已經出口的話來不及收回。

「阿錚，你在大便嗎？我們要去買冰喔，在學校大門斜對面的小荳枝仔冰。」何家瑋的聲音在廁所門口，聽起來稀鬆平常，他應該沒有聽到我剛才說的話吧？

「我快好了！你們先去吧！」現在還不能讓他們看到我，我還需要一點時間。

「這樣嗎？」何家瑋有點遲疑，「你剛才有沒有看到小荳的招牌？我怕你找不到。」

這是想要在門口等到我出來的意思嗎？我連忙說：「反正我有你們的手機號碼，真的找不到再打電話就好。」

「好吧。」

我側耳細聽何家瑋遠離的腳步聲，等腳步完全聽不見後，再靜靜等了十幾秒，然後低聲對地上的藍白磁磚說：「不管妳是誰、是什麼，不要再出現在我耳邊了，我是不會理妳的。」

四周圍安靜到耳中喧囂著不存在的嗡嗡聲，我不知道自己在等著什麼，況且什麼也等不到的話，才是最好的結果吧？

明明是涼爽的四月天，我的T恤下已經悶出一層汗，想大吼大叫破壞耳中作祟的雜音，繃緊的喉頭卻發不出聲音。

猛然轉開隔間的塑膠門，刻意大步踏出廁所，球鞋踩出的啪啪聲終於驅散耳鳴，走出校舍，我開始感覺回到正常的世界——一個會說話的只有聲帶，有聲音必有形體的世界。

睡眠不足的錯覺吧？我暫且採納這個最不違反現今物理定律的假說，所以當我認真專心的時候，就不會聽到那個聲音，只有我恍神的時候，她才會趁虛而入。

心中有定論後，我的腳步輕快許多，沒多久就走出校園大門，何家瑋說的冰店其實不難找，因為學校對面也沒有多少招牌，就是零星幾間文具店和餐飲店，遠遠就看到禹真水藍色的連帽外套，彗璃姊高佻的身影在櫃台前，何家瑋大概是在店面裡，看不到人。

禹真瞥見了我，立刻大力揮手過頭，墊起著腳尖衝著我叫：「志錚哥哥，快點過來！老姊要請客！」

我趕緊小跑步過馬路，湊上冰櫃前，見到彗璃姊低頭，淺金色的鬢絲滑落馬尾外，映上她的粉頰。

「聽到請客，突然想吃冰了嗎？」彗璃姊忽地開口，說得不慍不火，仍舊瞧著冰櫃。

「這個……彗璃姊不用請客也沒關係啦！我有帶錢，而且打完球本來就會口渴，雖然還不到夏天，來支冰棒也不錯！」我趕緊這麼說。

「阿錚你不用推辭了。」何家瑋抓著牛奶冰棒走過來，「我剛剛已經跟彗璃姊爭了很久，她說什麼是不會讓我們付這支冰棒錢。」

「自己快選一支冰棒吧！」彗璃姊打開冰櫃，「比我慢的話，就真的讓你自己出錢。」

我趁著彗璃姊關上冰櫃拉門前，隨便拿一支紅豆冰，跟著彗璃姊自己的葡萄汽水冰棒結帳，四個人在騎樓上就拆了包裝袋，站成一排舔冰棒。

右手邊的彗璃姊不知何時拿出手機，低頭一個勁地滑，有點不可碰觸的氣場，讓我不敢久視。

「哈——」另一邊的禹真則發出滿足的聲音，我側眼見她十分認真吸吮淺黃綠色的冰棒，檸檬嗎？籃球被她踩在夾腳拖下，隨著她的細瘦的小腿肚輕輕搖晃。

「這麼好吃啊？」何家瑋憋笑說，他手上的冰棒是牛奶的。

「很好吃喔！」禹真直率回答，然後轉頭向我，「對吧？志錚哥哥，你是第一次吃小荳的冰棒？」

「嗯，不錯啊，紅豆很多。」吃慣便利商店的我很久沒有吃這麼樸素的枝仔冰，不過好吃是真的，雖然不無想要滿足禹真的成分。

「太好了！」禹真馬上笑眯眼睛，「對了，我們等一下去海邊吧！」
「海邊？」彗璃姊爆出高八度的驚叫，第一次見到她失控瞪大的眼睛和微開的嘴，我一時也愣了。
「對啊對啊！」禹真到底是渾然不覺，還是故意忽略，一個勁興奮地說，「志錚哥哥難得過來，當然要帶他去海邊，對不對啊？」
左邊是禹真殷切期盼的眼睛，右邊是彗璃姊瞇起的目光，我再度陷入兩難，畏畏縮縮地問：「海邊在哪裡？是海水浴場之類的嗎？」
「噗哧！」禹真重重拍一下我的肩膀，「沒有什麼海水浴場啦！不過就是漁港旁邊的小沙灘，可以挖花蛤回家吃，炒蒜頭很不錯喔！」
左看禹真口水都快流下來了，右……我不敢看彗璃姊現在的表情。
「那個……會不會很遠啊？」我試著找藉口幫彗璃姊脫身。
「不會喔！」禹真馬上興高采烈地回答，「就在廟口過去而已……啊，廟口說的就是我們剛剛去的靈鸞宮，這樣你就知道了吧？」
靈鸞宮就在港邊——腦中突然浮現坤水伯伯的聲音，他是什麼時候說這話的呢？是在昨天辦桌的時候吧？大人們在討論送肉粽的路線，終點就是海邊，照宋瑞笙查到的資料來看，他們會在海邊燒掉姑姑的衣服或是吊著她的紅繩。
我當下做了決定，不管彗璃姊露出什麼樣的表情，看也不看就開口：「好啊，就去海邊吧！」

「好耶！」禹真只差沒跳起來，然後又匆匆說，「這樣得要有東西來裝花蛤……老闆！」不顧腳下的籃球，禹真轉身就跑進店面，向老闆討塑膠袋去，何家瑋把往外滾的籃球踢回來，我用足尖停球，抬頭跟他對上視線時，何家瑋微笑。

「反正也沒事，好久沒去海邊了。」搶在我發問之前，何家瑋就回答了我想問的問題，我放鬆一笑，沒有造成他的麻煩就好。

「要去沒有遮蔽物擋太陽又黏答答還沙沫沫的地方……」幽魂般的聲音在我背後響起，但我毫不意外這是來自彗璃姊。

我戰戰兢兢轉身，看到彗璃姊揚著兩道細長的淡眉瞪著我，我小心翼翼獻上笑容，但感覺不到一點垂憐。

「彗璃姊……呃……拜託！」腦中一片空白的我只講出這句窩囊話。

「噗哧！」突然綻開的笑容讓我看傻了眼，彗璃姊看起來從來沒有埋怨過，輕快地說，「這麼想去海邊玩啊？」

「這個嘛……」不知道該怎麼說這件事，明明不相信什麼煞氣，可是臨到說出口還是覺得有些障礙，感覺會破壞這個暑假般的時光。

「真的很想的話，也不是不能成全你。」彗璃姊眨眼。

我暗暗吞下口水，等待彗璃姊的條件，然而我們之間突然蹦出禹真，禹真搖搖手中的的紅白塑膠袋，對我笑道：「走囉，向海邊前進！」

海還真的就在靈鷺宮旁邊，腳踏車穿過廟埕，拐個彎就看見長長的防波堤，堤防下是黑色的沙灘，不遠望見一根根密密麻麻的桅杆，大概就是港口。

潮水的鹹味刺激我的鼻子，溼漉漉的風黏在肌膚上，彷彿那個夜晚的回憶附身，原本模糊的印象越來越清晰，當時我跟著送肉粽的隊伍走了一段路，還沒出市區就被爸爸抱起來，終於來到這裡的時候也是爸爸肩上的高度，所以才看得見海風中飛揚的黑令旗和漆紅的神轎。

送走阿嬤的那一程雖然是在深夜，熊熊烈火照亮這片沙灘，還記得隊伍頭前的人先升好火後，抱著我的爸爸才小心翼翼走下防波堤，我越過人群的頭頂看到阿嬤的紅洋裝被投入火焰，逐漸化為冉冉上升的黑煙，遠方的海面上……

海面上有什麼？

記憶到這裡突然斷線，我榨盡腦汁回想，但一點毛都沒想起來，簡直像熱門時段的線上遊戲，明明看著下載進度條一直轉，卻怎麼都跑不到滿。

「唷呼！」

我還在燒腦的時候，禹真已經歡呼著衝向大海，亮黃色的夾腳拖在空中轉了幾圈，最後躺在防波堤的斜面上。

禹真赤著腳踏進浪花，然後跳腳直叫好冰，卻不忘回頭招手。

「快點過來啊！」

「來囉！」何家瑋快步走下沙灘，沙灘上有一條歪歪曲曲的漲潮界線，他在潮水湧不上來的淺色沙灘邊緣脫掉球鞋和襪子，然後也像禹真一般衝進水裡。

「嘿！」禹真雙手在浸水的膝前交握，射出一注鹹水，噴上何家瑋的上衣。

「好啊，納命來！」何家瑋也學著用拳頭當水槍，但一個差池就把海水射回自己身上。

看著一臉驚愕的何家瑋，禹真哈哈大笑，繼續噴水追擊，噴得何家瑋滿臉鹹水、呸聲連連，最後索性直接潑水反擊，禹真沒料到這招，馬上尖叫起來，把溼漉漉的連帽外套脫下來擰乾，只留下半濕的細肩帶小可愛，貼著纖細貧乏的身形。

「唉呀，也太青春了！」彗璃姊輕嘆一聲，便在防波堤坐下。

「欸？彗璃姊不下去嗎？」我想到她剛才的抱怨，莫非真的完全是因為我才來的？如果是這樣的話，覺得有些歉疚。

「這樣看海，視野好啊！」彗璃姊兩手往背後一撐，哈出一口氣，然後抬頭看我，「倒是志錚，你不是很想來玩水嗎？」

我不敢跟彗璃姊對上視線，匆匆望向回憶中永遠看不清楚的遠方，罪惡感和啟齒的彆扭在心中打架，最後回答：「其實我也只是想來看看這裡，真的很想。」

「喔？」

雖然沒有看彗璃姊的表情，還是感覺到這話勾起她的興趣，我為什麼要挖坑給自己跳呢？

大概看我不講話，彗璃姊又說：「聽說你今天去廟裡調查宜春阿姨的事？」

怎麼連彗璃姊都知道了？我有點難為情地回答：「不是調查啦！只是不想要不明不白的，連她為什麼會這樣都不知道。」

「這就是調查啊！」彗璃姊笑出聲，「而且聽說你還是因為這樣才第一次去定海夫人廟裡面的祠堂？」

「祠堂？」我愣了一下，才想到地下室上去看到的大廳，那裡確實有很多牌位，「妳說的是後殿嗎？那裡感覺沒什麼香客。」

「因為那裡供奉的算是我們自己家祖先，平常拜定海夫人的人也不大會去。」

「什麼意思？」總覺得彗璃姊很自然地講出我完全聽不懂的話。

「咦？坤水伯伯沒有對你講課嗎？」彗璃姊聽起來比我還要驚訝。

講課這詞還用得真精闢，我忍不住泛出微笑：「講得可多了！我根本吸收不良。」

「那麼他一定有說定海夫人的童乩都是我們家的人吧？後殿供奉的就是歷代乩身，所以我們家逢年過節都要去那裡拜拜。」

「原來是這樣。」的確都是我聽過、看過的事，就是缺了把一切串在一起的聯想。

「那裡有一種特別沉靜的氛圍，對吧？」彗璃姊悠悠說，「安靜得彷彿可以聽見什麼。」

我心口一震，反問：「聽見什麼？」

彗璃姊沉默著，耳邊只有禹真和何家瑋的嬉鬧聲，和隱隱的潮音。

「我其實也不是聽得見的人。」彗璃姊細聲說，「不過應該是夫人的指示吧？」

夫人的……指示？

我突然覺得恍惚，好像被這話隔絕進一個毛玻璃中的世界，掙扎般問：「妳是屬於會相信這種事情的類型嗎？」

「志錚，你拿香拜拜嗎？」彗璃姊突然問。

「會是會啦……」我氣虛下去，我不相信神明或祖先真的聞得到檀香或聽得見凡人碎碎唸，但我也從來沒有想過要拒絕拜拜。

「就是這樣的感覺吧？」彗璃姊平靜地說明，「事實到底是怎麼樣並不重要，傳統上就是這麼做，也沒什麼不好。」

「妳說的傳統是指？」

「牽亡定海夫人的魂魄，指引海象之類的。」彗璃姊說得理所當然，好像中央氣象局從來都不存在，「跟坤水伯伯承租漁船的那些討海人，在定海夫人指示凶兆的時候絕對不敢出海，可以說整個下庄至少七成的人都靠定海夫人討生活。」

我的第一個反應是現在什麼時代了？但想想又覺得有點冒犯，於是只挑了不大重要的部分問：「什麼是牽亡？」

「這個嘛……」彗璃姊蹙眉，有點艱難地回答，「該說像是招魂嗎？好像不對，應該說是讓過往的人附身在自己身上，跟一般扶乩的意思差不多，只是神和鬼的差別。」

「定海夫人不是神嗎？」我一直以為廟裡拜的都是神。

「呃……」彗璃姊也愣住，模糊地說，「可能不太一樣吧？雖然好像很多道教的神以前都是人，不過那是有官方認可的，差不多是神明也需要玉皇大帝發執照的概念。」

「所以大舅公就是無照神明的使者？」

「咦？」彗璃姊睜大眼睛的某個瞬間和禹真神似，然後她噗哧一笑，「說得沒錯！就是這個意思，因為只有伯公能牽亡定海夫人，所以他過世之後，廟裡的金隆伯一直很煩惱。」

「真的非得我們家的人嗎？」

我咕噥，但好像被彗璃聽見，馬上聽她說：「一直以來都是啊！再說蔡家是大船東，旁人也是會覺得我們有這個責任。」

「能繼承的人也確實沒幾個吧？」我回想早上聽坤水伯伯講的歷史，蔡家每一代都會出一個乩身，「大舅公自己沒有結婚生子，所以下一代就只有二舅公生的坤水伯伯和芳錦姑姑，坤水伯伯不能自己繼承嗎？」

「不行啦！」彗璃姊馬上駁回我的想法，「當乩身是要有天份的，如果有的話，通常不超過二十五歲就會收到定海夫人的指示。」

「我們爸媽這一代哪有誰還沒超過二十五歲？」雖然我不想在什麼神明指示上面多爭辯，但還是有太多值得吐槽的點，「就算只看血緣關係不看姓氏，也就是多了我爸、重禧叔叔……」

沒辦法把姑姑說出口，因為無論幾歲，她已經反倒成為需要牽亡的對象。

「還有姑婆那邊的兩個女兒。」彗璃姊提醒，「雖然她們都在南部也不常回來。」

我點頭，因為初二我們自己要回媽媽娘家，所以很少碰見兩位表姑，對她們實在沒有多大印象，長年不在這裡的她們，當然也不可能擔當乩身的任務。

「好像真的沒辦法了，而且不是說當乩身還不能結婚嗎？」

彗璃姊抿唇，像是在思索什麼，然後緩緩說：「應該說是不適合結婚，不適合過一般人的生活。」

我想到大舅公以前住的地下室，當一個專職乩童不知道是什麼樣的人生？除了建醮以外的時間都在做什麼呢？聽說彗璃姊以前會幫大舅公送飯，所以是由親戚來支援他的生活所需嗎？還是靈鸞宮會給他薪水呢？

「感覺不是個好差事啊，像是出家一樣，只能住在廟裡，只差不用剃頭吃素。」

「不過是個很重要的工作，整個下庄都仰仗著伯公。」彗璃姊的聲音意想不到地嚴肅，很難想像外表時髦的她，講到傳統會這麼認真，「況且，被夫人選上的人，是不能過一般生活的。」

我望著浪花來處，想像明夜子時這裡將上演的情景，把姑姑和阿嬤送走也是傳統的一部分，雖然不是專屬於靈鸞宮的信仰，我很難不對負責執行的靈鸞宮抱持一點反感，當然其中也有一部分是針對涂金隆的因素。

「那你呢？」突然聽彗璃姊悄聲。

「什麼？」我轉頭，對上沒有一絲笑意的彗璃姊。

「如果說成全你的條件是一個真心話，聽得見或聽不見，你覺得自己會是哪一種人？」

我不敢移開視線，彗璃姊沒有瞪我、沒有皺眉，甚至連聲調都沒有一點粗氣，但我不敢移開視線，像是被真心話的咒語束縛。

我確實在第一個瞬間想到那個聲音——那個甜膩異常，彷彿渴望著我的聲音。

但這是不可能的，在更多證據出現以前，錯覺是遠比定海夫人的存在更簡潔的解答，於是我堅定地說出真心話：「我不可能會是聽得見的人。」

彗璃姊凝視著我，不知道想要從我的眼睛中看到什麼。

——唉。

耳邊隱約一聲嘆息，我分神用餘光掃過空蕩蕩的左手邊。

「嗯？」彗璃姊對我歪頭，似乎注意到我飄移的視線。

「沒事。」我低下頭，「不太習慣這樣被盯著看。」

「哼？」她發出疑惑的聲音，或許彗璃姊這麼威風凜凜的人，沒辦法接受這樣的解答吧？但她沒有多說什麼，站起來向天伸懶腰，然後繞過我身後，走向防波堤，回頭望我一眼，「還是去碰碰水吧，你呢？」

我還在糾結那聲嘆息，一時心思轉不到玩水上，但來不及想怎麼婉拒——

——去玩嘛！

非常清晰，彷彿附在我的耳邊，甜膩的央求。

——我們去玩嘛！

沒有回頭的話，我會感覺有個女孩站在我背後，也許指頭在我的衣襬邊游移，隨時要拉著我下去玩，但我知道那裡不會有人，彗璃姊已經走到禹真和何家瑋之間，在潮起潮退中跑跳，這也不是彗璃姊的聲音。

是她，我現在能夠確定。

強烈地感覺到，大腦無比真實的惡作劇，她一直在我身邊，對我笑、對我嘆息，呼喚著能陪她的人，哀求著要轉身的人。

「妳是誰？」我低聲說，明知道不會有答案。

——你知道。

非常懷念，聽了就會感到安心，但我不想被自己欺騙，我當然不會憑空在腦海裡生出一個聲音，所以錯覺必定是利用熟人的聲音來表現吧？

「我當然知道，因為你就只是我。」

——唉。

又一次嘆息，然後背後的存在感漸漸遠去，我忍耐了一番，還是被消失後的空虛感吸引回頭，背後自然只有公路，我還是不能踏實，不安地背對公路，重新面向大海時，卻在這時見到了。

白浪之上翻飛著一抹紅，白皙的赤足踩過水花，身穿紅衣黑裙的女子回頭，輕嘛淺橙色的亮唇，挨近雙眉的黑髮下，狐狸般的細眼盈著水光。
是她，十年前送肉粽的夜晚，我在海上看到的女人，穿著黑白照片上的斜襟繡花上衣，黑色百褶學生裙，長髮在耳邊挽作斜髻，與家族中女性一個模子刻的五官，姑姑的氣質，阿嬤的神韻，和不可思議的年輕。
為什麼？那個晚上我看到的到底是什麼？既像姑姑又像阿嬤的女子立在不可能站得住的深灘，對著不應該看的送煞隊伍笑著……還是對著我笑呢？
「志錚哥哥！」
一個重量突然飛撲上來，我差點沒倒頭栽到防波堤下，禹真揚起滿面的笑容，毫不在乎地把沙子與海水撞進我的懷抱。
「一個人躲在這裡，太奸詐了！」禹真抓起我的手臂，又緊又暖，「今天沒有讓你溼透不能收工！」
我還恍恍惚惚，腳步就跟著飛起來，我被禹真拉著跑下階梯，只來得及踢掉球鞋，就帶著襪子衝進水裡，春日海水猶帶的寒意從足底直竄腦門。
踉蹌中，眼角餘光仍然不自主飄過她所立的方向，但白浪之上只有蒼茫的天空。
何家瑋抱拳拍出一大片水花，他還是沒學會水槍，但已經讓我滿頭溼；禹真的水槍從旁夾擊，逼我閉上眼睛。
「喝啊——」彗璃姊中氣十足地一叱，飛石在海面打出水漂三連擊。

「哈哈哈！」禹真豪不修飾地抱著肚子大笑。

——嘻嘻。

我確切地聽見了，不屬於我們的笑聲，瞬間讓身邊的嬉鬧變得好假，好像只能聽見她歡暢無比的聲音，直接佔據我的鼓膜，把我隔絕在世界之外。

閉嘴！

我的意識掙扎，卻絲毫沒有施力的基點，彷彿所有的力勁都沉入無邊的水，而且連浮力的方向都不存在。

這時，一個清脆的聲音穿過一切：「海水噴到眼睛了嗎？」

張開眼睛，禹真就在面前，眨著眼睛仰望。

我眨眨眼睛，淚水便順勢滑落。

「啊呀！真的噴進去了！」禹真慌張地叫。

「喏。」

手臂被推了一下，轉頭看到何家瑋遞來一坨皺巴巴的衛生紙。

「擦一擦吧。」

雖然沒有海水特有的刺激性，我還是聽話擦掉眼眶中的鹹水，順便擤了一下鼻子，耳朵跟著通暢起來，世界也變得清晰。

「好點了嗎？」禹真不安地湊上來。

「沒事啦！」我對她微笑，至少找回微笑的餘裕，也不能算不好。

「我們還是別再玩水了！」彗璃姊說。

禹真的心情明顯表現在突然黯淡的臉上，但她只是喃喃說：「嗯……不要玩了。」

我又往海的另一邊瞥了一眼，依舊是只有碧海蒼天。

幻覺

離開海水後，我和何家瑋在禹真強迫教學下，挖了滿滿一袋花蛤。

天色變黃，我們往趾縫夾滿沙粒的雙腳套上鞋子，半風乾的衣服黏答答地貼在身上，一路聽著姊妹倆拌嘴，沒再出現奇怪的聲音或影像。

還是沒辦法定下心，我始終繃著精神，提防「她」出現，直到踏進禹真家。

芳錦姑姑看到我們的樣子，又是碎唸一番，然後把我們全部趕向浴室，兩姊妹上二樓的套房，我和何家瑋用一樓獨立浴室，姑姑甚至挖來姑丈的舊衣給我們替換。

「下次我去找重禧的時候，再拿回來就好。」芳錦姑姑迅速堵住我們推辭的嘴。識時務的何家瑋很快選擇恭敬不如從命，我雖然跟著答應了，對於要踏進浴室，卻是有些躊躇。

「她」會再出現嗎？

目前為止她出現的時機歸納不出個規律，如果說要是像靈鸞宮後殿或送肉粽的海邊這種氣氛詭譎的地方，籃球場可就大大不符合，昨天晚上和剛剛在海邊，我是單獨一個人，但其他時候都跟大家在一起。

唯一勉強能解釋的，就是注意力分散的時候吧？在國中的廁所和後來海邊，當我刻意要找她的時候，她從來沒有出現，所以我如果繼續保持警覺，應該就不會再聽見她的聲音或看見她的影像了。

在人群中發現她有點麻煩，因為可能會被注意到我的反應有異狀，但在獨處時發現她，就是恐懼了。

我戰戰兢兢沖完澡，五分鐘內把浴室交給何家瑋，結果發現還是得一個人待在客廳，因為有充足的日光，客廳沒有開燈，只有牆上的神龕亮著紅色的長明燈，黑漆漆的電視螢幕反射我的身形，整個一樓靜悄悄，只有浴室傳出來的水聲。

我反覆用浴巾搓著頭髮，一邊注意週遭的動靜，突然聽見樓梯傳來隱隱悶響。趕緊抬頭的我看見一雙細瘦赤腿，寬鬆的短褲上面穿著一件花樣褪色的T恤，失去支撐的胸部幾乎看不見，猶帶水珠的黑髮垂在耳下。

「志錚哥哥。」禹真先出聲，聽起來莫名像疑問句。

「禹真。」我只有這樣回應。

她踏著跳躍般的腳步來到我身邊，我讓出沙發的半邊給她，她坐下之後吐出一口滿足的嘆息，然後轉頭看我。

「好點了嗎？」

「沒事啦！」我失笑，看她似乎很歉疚的樣子，「那一點水哪算什麼？」

「不是說那個啦！」禹真馬上鼓起臉頰，「我是說，你不是為了知道宜春姑姑發生什麼事，才過來下庄嗎？現在知道之後，覺得好點了嗎？」

想不到禹真還記得這件事，整個下午她都在想要帶我們去做什麼，我以為她不會把陌生的表姑當一回事。

「雖然還是有很多疑問，不過大概也只能這樣了。」我老實回答。

「是嗎？」禹真看著我的眼睛，很難得沒有笑意，「志錚哥哥，你真的沒有在難過吧？我一直想你明天就要走了，這麼久才回來一次，而且還來我們家玩，一定要讓你快快樂樂地回去，雖然這裡真的除了海之外什麼都沒有，但我還是好希望你會喜歡，因為你畢竟也是我們的家人。」

我怔怔聽著禹真的話，很意外她真心覺得每年回來一次過節的我也屬於這裡，我確實認為這裡除了海之外什麼也沒有，甚至連海都不算是什麼，但認真要講的話，這裡還是全國三百一十九個鄉鎮中，對我有特別意義的，單純是因為我在這裡度過的短暫童年，和共有回憶的人。

「我不會討厭這裡，就算宜春姑姑的事情很遺憾，但更重要的是以前快樂的回憶吧？總不能只記得難過的部分，這樣她也太可憐了！」說到這裡，我猶豫一下，還是小聲補上，「當然和妳……妳們一起玩的回憶也是。」

禹真臉上慢慢漾起無聲的笑容，她靠上椅背，很滿足的樣子。

「我也是。」她輕輕說，「因為有這麼多開心的事，所以很捨不得離開這裡。」

「妳要離開這裡了？」

「還有一年半。」禹真收起笑容，「高三要出去實習，這個村子沒有可以實習的地方。」

「嗯。」我不知道要回答什麼，大她一歲的我，對於自己會去哪裡一點概念也沒有。

「如果我去北部的話，可以去找你玩嗎？」禹真突然問。

我愣了一下，因為完全沒有過這樣對未來的想像，禹真對我來說好像永遠會是在這個小村的珍貴過往，平時不會想起來，但想起來總會微笑的回憶。

「當然可以啊。」我還是這麼說。

「好棒喔！」禹真笑了，渾圓的雙眼彎起來，揚起的嘴角盈滿純粹的快樂，「這樣我開始期待以後的日子了！」

我看著禹真的笑容，突然非常羨慕起來。

我跟何家瑋回到家的時候已經是傍晚，我把腳踏車牽到隔壁門口，幫他鎖上大鎖，再次謝謝他一整天的幫忙，轉身要走的時候，突然被何家瑋叫住。

「阿錚。」他看起來有點漫不經心，一邊喬腳踏車的位置，一邊說，「今天去廁所叫你的時候，你在跟誰講話啊？」

心口瞬間失重，所以他聽見了？我那時候到底講了什麼？我是不是在廁所裡質問那個聲音到底是誰？還有說什麼奇怪的話嗎？

「那個……在廁所裡講話嗎？我想想，有點忘記了……」我支支吾吾推延了一下，然後湧上靈感，「我……在講電話，嗯對，是打錯電話的，但是又不講清楚，害我一直問她到底是誰。」

「喔，是這樣啊！」何家瑋已經喬好腳踏車，抬頭對我一笑，「聽起來很生氣的樣子，我還以為你在跟誰吵架，沒事就好。」

我已經滿身冷汗，勉強也對他一笑，匆忙說了再見，倉皇逃回老家。

爸爸媽媽已經坐在客廳，不知道他們今天拜訪了哪些親戚？我也沒心思去問，沒多久叔叔就來叫大家吃飯。

晚餐吃得很安靜，除了一般家庭相對無言的煩悶外，還有另一種揮之不去的陰鬱。叔叔問我們明天要幾點走？媽媽看爸爸一眼，爸爸才慢吞吞說大概九點半出發。

「不吃飽飯再走嗎？」嬸嬸問。

「讓志錚早點回去做功課。」爸爸回答，而我偷偷翻了白眼。

他們一刻也不想在這間屋子多留，尤其是爸爸，以前我沒有注意到，但現在想起來，四年來都沒有回老家過年過節，並不是單單用阿公不在了可以解釋。

爸爸想逃避的是什麼？我瞬間想起昨晚何家瑋的話——「聽說你阿嬤她生前有點……」

阿嬤真的也是上吊身亡的嗎？我現在對小時候那段送肉粽的記憶越來越確定，如果能證實阿嬤是這樣過世的，會對姑姑也選擇這條路的原因有所理解嗎？

何家瑋在離開靈鸞宮前說，如果姑姑沒有留下訊息，就只能這樣了，我自己下午也跟禹真說已經沒什麼可以做的，但想到明天一早就要離開這裡，彷彿刺在心頭的疑問又變得明顯。

如果姑姑有留下訊息……至少這一點要確認。

最早吃完飯的叔叔跑去客廳，一個人玩撲克牌，爸爸隨後過去開了電視，媽媽先上樓洗澡，剩下嬸嬸在收拾餐桌。

「我來幫忙吧！」我主動端空碗到水槽，跟嬸嬸一番你推我搶，好不容易站定洗碗的位置。

「真是不好意思，你來嬸嬸家還讓你洗碗。」嬸嬸站在我背後的餐桌邊，用保鮮膜一盤盤包好剩菜。

「我又是不是外人，哪有什麼好客氣？」說出這句話後，我覺得時機差不多，一鼓作氣問，「像是姑姑的事情，我也想要盡量幫忙分擔，但到現在還是一頭霧水，嬸嬸妳前天說姑姑是因為生病的緣故才決定這樣，是因為她有留下什麼話嗎？」

「這個嘛，倒是也沒有。」嬸嬸果然出現為難的語氣。

「那麼，阿嬤呢？」這個問題一出口，我感覺到心臟砰砰跳。

「你阿嬤啊……」嬸嬸嘆口氣，「志錚，你對阿嬤記得多少？」

「幾乎不記得了。」我老實回答，「但是，我想她也是跟姑姑一樣……是嗎？」

「你還有印象啊？那麼小的孩子，還是不能小看呢！」嬸嬸意外地坦白，看來我沒有挑錯人問。

「因為我記得『送肉粽』的事。」我也坦白解釋，「大半夜被爸爸抱著，跟著一群吵吵鬧鬧的隊伍走到海邊，然後在海邊生火燒一件紅洋裝。」

嬸嬸點頭，然後補充：「那是你阿嬤過世的時候穿的衣服，聽說她很喜歡紅色，不過我們還是幫她換另外訂做的壽衣，原本那件衣服帶著煞氣送走。」

我想到那天記憶中，海上穿紅衣的女子，於是問：「嬸嬸，你那天也有去『送肉粽』吧？」

不料嬸嬸搖頭回答：「因為怕染上煞氣回來，『送肉粽』人越少越好，我和你媽連潘將軍到家裡做法的時候都躲在屋子裡沒有看，你媽本來要你留在家裡，但想想你是唯一的孫子，還是讓你去了。」

原來送阿嬤的是潘將軍嗎？這應該是何家瑋所說的角頭廟沒錯吧？所以姑姑真的是因為死在靈鸞宮，才會由蔡夫人來送？

沒辦法問當初海上的女子，至少要確認阿嬤的病，於是我又問：「阿嬤是不是沒有跟我們住在一起？因為生病的緣故嗎？」

「我其實也沒有那麼清楚，因為我嫁給你叔叔的時候，你阿嬤就已經不住在家裡，不過也不是去住院或是安養中心，是被她的娘家帶回去。」

娘家？這個詞讓我腦筋一時轉不過來，不過想想阿嬤也曾經是人家的女兒，當然有娘家，不過為什麼要回娘家？是因為跟阿公感情不好嗎？她回去的時候阿祖還健在嗎？或者是去二舅公家？

「那是什麼時候的事情？」

「應該是你爸爸和叔叔十幾歲的時候吧？其實你阿嬤病很久了，剛開始生病的時候，好像娘家的人就說要帶她回去，但你阿公捨不得孩子沒有媽媽，一直不答應，但後來真的很嚴重，娘家那邊又不曉得發生什麼事情，強硬要帶走她，你阿公才勉強答應。」

我越聽越是不懂，為什麼生病要回娘家？而不是去醫院？又是發生過什麼事情，讓他們──這個時間點聽起來應該是二舅公作主──更堅持要生病的阿嬤回家？

「阿嬤她……沒有去看醫生嗎？」

「這個嘛……」嬸嬸似乎又開始為難，「我沒有特別聽說有沒有，不過她的問題……呃，怎麼說呢？心理上的狀況……大概醫生也是不太……」

「她是精神方面的病，是嗎？」我幫嬸嬸說出無法啟齒的話。

「嗯……算是吧？」

昨天聽何家瑋講的時候已經驚訝過了，現在只剩下唏噓，生了病的阿嬤連看醫生都無法，到現在家人還避開不談她的事。

「妳知道她……阿嬤為什麼也跟姑姑一樣……都是上吊？」我終於講出這兩字。

嬸嬸已經把剩菜都塞進冰箱，轉身走來我身旁，餘光看到她的眼睛微微泛紅。

「你阿嬤，大概一直都不想回去吧？」嬸嬸幽幽說，「那個時候是坤水大哥打電話來，我其實很慌，但重禧和你爸爸都很冷靜，好像早就準備好要面對這一天，很快就辦好後事，我回過神來，媽媽都已經入土了。」

「阿嬤那時候住在坤水伯伯家？」坤水伯伯應該是跟二舅公住在一起，我沒印象去過他們家。

嬸嬸搖搖頭。

「她是住在娘家附近的廟裡，據說是半夜在地下室的房間裡用樓梯的扶手……」嬸嬸嚥一口唾沫，沒有把我已經明白的景象講出來，「坤水大哥也是早上被廟公通知才知道，然後馬上就聯絡我們過去，我到了那邊不敢下去看，但長賀和重禧親自去把她放下來，因為警察在家屬到場確認自殺無誤前，不准人亂動現場。」

早上去的靈鸞宮又回到腦中，在幽暗陰溼的地下室裡，擺著陳舊的單人床墊，坐在床上是一個瘦小沉默的人，耳邊是阿公的聒聒絮絮，彷彿拿香向神明碎碎唸。

那個人總是佝僂著背，染棕的捲髮夾雜銀絲，包攏小巧的臉，狹長的狐狸眼從來沒有看向我——是阿嬤，住在靈鸞宮地下室的阿嬤。

我突然領悟地下室第二個房間的用途，原本地下室只給每一代乩身住，二舅公為了把阿嬤接過去，才用薄薄的木板隔出兩個房間。

這樣就串起來了，阿公總是騎腳踏車帶我去海邊的廟，為的其實是探望阿嬤，當我們要下去地下室的時候，芳錦姑姑會來幫我們開門，所以我回憶中總是與跟著芳錦姑姑前來的禹真一起玩。

「怎麼了嗎？」

我突然發現嬸嬸的臉湊近，水龍頭滴滴答答響，但我手上已經一個碗也沒有。

「有點驚訝回娘家是住在廟裡。」我把洗乾淨的碗疊好，收進碗槽。

「據說廟裡還住了一個舅舅——就是你舅公，好像是家族病都在那裡療養。」嬸嬸說得一派天真，似乎真的沒有聽過定海夫人的傳說。

舅公和阿嬤，上一代童乩與可能有精神疾病的阿嬤都住在靈鸞宮地下室，我想到彗璃姊所謂「聽得見」，童乩聽得見的是神旨，精神病患聽得見的……不就是幻聽了？

蔡家的人這麼堅持把生病的阿嬤帶走，帶走之後又是住在定海夫人乩身的住所，或許阿嬤的病，真的跟起乩有關？不，應該是起乩真的跟阿嬤的病有關嗎？

我離開廚房，但心裡還是想著阿嬤的事，姑姑的想法至今無解，又多了一個阿嬤的謎，可是我對精神病一無所知，阿嬤真的是如同鄰居間流傳，因病自殺，還是有其他原因呢？

下意識把手機摸在手裡，但這裡沒有無線網路，有什麼疑惑就想上網查的反射動作好難戒。再問宋瑞笙嗎？如果是她的話，我整個下午的疑惑，應該都會有個安定、合理的解答吧？可是明天就要回去了，有什麼想法就要盡快確認，還要等她明天查給我，哪裡來得及？

眼看在老家的時間一分一秒倒數，我突然想起昨天好像在街上有看到網咖的招牌，趕緊衝出去。

雖然是鄉下地方，網咖的鐘點費看來沒有城鄉差距，菸味也是四海大同，這個時間點人還多，我選到一個中間的位置，左手邊是一團打DOTA遊戲的國中生，右手邊是個練MMOLG的大叔。

要用什麼關鍵字呢？開機兩分鐘，我還是面對著搜尋引擎的首頁發呆，雖然知道阿嬤生病，但精神病應該也有很多種，如果有症狀之類的敘述讓我對照何家瑋的話，也許有點線索，但沒頭沒腦是要怎麼查出疾病的介紹呢？

想了又想，我在搜尋框填入「幻聽」兩字，既然我是因為這個症狀連想到阿嬤的病與起乩的關聯，就用這個試試看吧！

「幻聽（Auditory Hallucination），是幻覺的一種，患者會認為他們聽到其實並不存在的聲音……這可能是一些精神疾病的症狀，例如思覺失調症或躁鬱症。」

我突然轉頭看向兩旁，打電玩的屁孩們還在大呼小叫，專心盯螢幕的大叔滑鼠按鍵答答響著。

沒有女孩子的笑聲。

看完網路百科粗淺的敘述，我繼續看下一筆搜尋到的資料，那是某間精神科診所的健康資訊，它說對患者而言，幻聽聽起來跟真實聲音一模一樣，大部分都是有人在講話，旁人常看到患者在自言自語，其實就是在與幻聽對話，那是腦部神經傳導物質失調造成，所以能夠以藥物治療。

自言自語……聽起來跟阿嬤的症狀蠻像的。

因為這篇文章也舉了思覺失調症當例子，我決定直接來查這個病。

一查下去才知道，原來這就是聽到爛掉的「精神分裂症」，只是因為不太貼切，幾年前改了中文病名，從新名字顧名思義就知道是「思考」和「知覺」都失調了，所以會有脫離現實的妄想，和不存在的幻覺，尤其常見幻聽。

妄想的部分也有很多種，常被人掛在嘴邊的被害妄想、覺得別人喜歡自己或與自己有性關係的情愛妄想、接收神明指示的宗教妄想……接收神明指示？

所謂「聽見」定海夫人的聲音，會是一種妄想嗎？

在嬸嬸的認知中，靈鸞宮是療養的地方，可是無論坤水伯伯、禹真或彗璃姊都說那裡住的是受村人敬重的乩身；嬸嬸還提到「家族病」這個說法，意思這個病在家族中有遺傳嗎？定海夫人的乩身在蔡家已經傳了六代，算不算也是一種遺傳？

我快速掃過思覺失調症其他奇奇怪怪的症狀，像什麼對外界明明知道卻毫無反應的緊張症、平板的情緒、支離破碎的思考……然後看到一段對於什麼樣的人容易罹患的敘述。

「思覺失調症的風險因子包括基因與環境，家族中有人罹患思覺失調的人罹患的風險比較高，但也不是每個患者都有家族病史；環境的影響可能為病毒的感染、腦部的發育或是一些心理社會的因素。」

真的有可能跟遺傳有關啊！但爸爸那一輩就一個也沒有……好吧，這是機率問題，我們在生物課學的血型遺傳，也是要仰賴機率，雖然精神疾病應該沒有那麼單純。

相反地，如果假設歷代乩身其實都是病人，阿嬤那一代就出現了兩個患者，也可以用機率說明。

「思覺失調症發病的年齡通常為十五到三十五歲，男女發病的比率差不多，但女性平均發病年齡比較晚，症狀通常起起伏伏，在發病後前五至十年最為嚴重，幻聽、妄想等症狀對於抗精神病藥物的反應不錯，但情緒和認知功能的症狀可能改善有限，患者終其一生自殺的機率約為百分之五。」

彗璃姊說歷代的乩身都是十幾歲到二十出頭開始「聽見」神明的話，跟發病年齡符合，阿嬤是在生下姑姑後不久發病，她在二十歲左右結婚，隔年爸爸出生，爸爸和姑姑相差九歲，所以阿嬤發病的時候應該是三十歲，也符合平均範圍。

如果說阿嬤有機會接受治療，至少就不會在路上遊蕩、自言自語吧？但阿公並沒有帶她去看醫生，把她的病當作起乩的娘家更不會帶她去看醫生，於是她被迫離開孩子和丈夫，和同樣生病的哥哥住在陰暗的地下室。

欸？這樣說起來，彗璃姊應該知道關於阿嬤的事，禹真說過在彗璃姊上大學前，都會幫住在地下室的大舅公送飯，阿嬤過世的時候，彗璃姊已經上小學了，或許那個時候，她曾經也幫阿嬤送過飯？

要問她嗎？我手機裡有禹真的電話號碼，可以請她轉給彗璃姊，但要怎麼問？直接說「我阿嬤是不是有被強迫去靈鸞宮當乩身」嗎？

還有姑姑，如果說阿嬤是在爸爸十幾歲的時候被帶走，那時的姑姑根本還是小孩子，或許阿公之後還有帶姑姑去靈鸞宮探望過阿嬤，對於關著自己媽媽的廟，姑姑有什麼想法呢？跟她後來選擇在靈鸞宮結束生命有關嗎？

還有很多環節想不透，但眼看一個小時差不多了，我擱下未解的疑問，離開網咖。

按開手機電話簿，然後又把它關起來，剩下來的整個晚上不曉得重複幾遍這個動作，還是沒辦法播出任何一個號碼，無論禹真、宋瑞笙或其他人。

大人們都早早去睡，我一個人轉遙控器也沒意思，老實說在家除了職棒之外，我也很少看電視了，沒事幹的我索性還是往和室裡躺。

明天一早就要回家，然後我就會漸漸拋下姑姑的事吧？活了三十六年的一個人，慢慢就剩下偶然勾起的片段記憶，直到爸爸、叔叔和我也消失在世界上，謝宜春曾經存在的事實也就沒了意義。

闔上眼睛，很想趕快睡著，又害怕失去意識。

眼前微微發紅，像是強光透過眼皮，可是為什麼呢？

——唉。

幾乎是感覺熟悉的嘆息，我瞬間懂了。

這是夢吧！我如願睡著了，正在作著紅衣女子的夢。

我睜開眼睛，正對著臉的火光是一炷香，重橙色的光點穩穩燒灼，室內很暗，好一會兒才適應火光的反差，看到後面的紫檀供桌。

供桌上七個牌位，其中六個擺作一橫排，唯獨一個樣式簡樸的牌位靠近香爐，燻黑的木板被火光照亮，但只隱約看得模模糊糊的「蔡氏」兩字。

況且，更為刺目的是上面繫著一縷朱紅的線。

像是尋常在脖子上繫護符的紅線，但數不清多少條糾結在一起，絞作一縷醒目的紅，將牌位攔腰一圈，然後越過香爐，直往我頭頂過來。

在我頭上嗎？

我伸手要抓，但發現雙手被綁在背後，手臂緊貼著赤裸的背，背上已經泌出一層薄汗，我瑟縮一下，然後頭頂吃痛，原來紅線是繫在我的頭髮上。

我不敢再亂動頭，但扭動一下身體，胸前綁著像圍裙般的布片——或者說，肚兜？肚兜只到莫約恥骨的高度，好在至少下半身還穿著寬鬆的褲子。

我到底夢見了什麼？

什麼東西被塞進手裡，難以形容的材質，不是金屬，不是木頭，不是竹子，不是塑膠，介在光滑與粗糙之間，在手中沒有低比熱物質特有的冰冷，也沒有活物的溫熱，我稍微轉動手腕，感覺那東西的重心，似乎是長條狀，而我正抓著它的其中一端。

手腕的束縛被鬆開，我試著舉起手，手中的東西劃過右腰，登時吃痛。

「啊唷！」恍惚叫出聲，我心底瞬地一涼。

「呵——」輕哈出氣，那聲音還是沒有變，自我顫動的喉間湧出，屬於女孩子的尖聲。

溫熱的液體自腰間疼痛下滑，慢慢浸入褲帶。

有什麼在我腦中躁動，與紅線相連的地方，我開始嗅到血腥味。

——見血啊！

無聲的吶喊響得頭痛，我手腕一軟，肩頭又是一道刺痛。

——血啊！

強大的意念脹滿頭殼，我繼續往後使勁，這次痛在背脊。

「呼——哈——」我——女子——開始喘息。

痛，痛，痛，痛，痛，痛，痛，痛，痛，痛……

汩汩，泌泌，汩汩……

痛，痛……

褲帶溼透，一股熱流滑入股間。

痛，痛……

私處溼了，溫熱流下跪著的兩腿間，她——我——在顫抖，但手的舞動不受控制地越來越猛烈。

痛，

痛，痛——

閃過白光的眼中，我看到天空，短短一瞬間，卻是藍得非常的天空。

「繼續啊！」

背後咆哮伴隨肩頭的搖晃，我緊握手中兇器，動也不動。

「還沒上身吧？」

比較溫和的聲音，但下顎被五指緊扣，使勁扳起來，我看到男人黝黑的喉嚨，立刻送出手中的東西。

那是蒼白乳色，鋸刀般的劍刃。

「咳咳——」

趁著男人咳嗽，我站起來，轉身拔腿，撞開背後另一人。

頭皮一痛，木板與銅爐相撞，反彈的紅線飛舞到面前，但我沒有理會，舉手推開木格門，衝入夜空下。

「站住！」

男人的怒吼好近，而我繼續跑，血液在久跪的小腿中沸騰，強烈的麻脹自腳底緊攫上來。

我要逃——心裡只佔據這個念頭，然而雙腿越動越吃力。

腳底忽然一空。

我俯瞰一方遙遠的月光，彷彿正向著月亮奔馳。

啊，是井呢！我忽然理解這個景象，然後喉頭一緊，氣血上衝腦門，眼前就此黑去。

循跡

清醒之後，我花了十分鐘才相信自己活著。

夢裡的死亡太過真實，我可以清楚分辨出那是靈鸞宮的後殿，時間是深夜，死者是一名介於少女到中年間的女性，她從儀式中逃離，但失足墜井，意外被頭髮上繫的紅線絞死。

她，是姑姑嗎？

夢境固然有許多與現實相同之處，像是時間、地點，絞首的紅線，懸吊的井；但也有不少相異的細節，像是女子身上的肚兜與長褲，紅線被繫在頭髮上，還有現場的兩個男人。

最重要的是，如果這個夢是真的，姑姑的死就不是自殺了。

思緒很混亂，夢中情景的存在感非常強烈，強烈到我在情感上幾乎是相信了，但同時也嗤之以鼻，哪有什麼死者托夢呢？判斷自殺的警察都不用混了嗎？

「鈴──鈴──」

不管是誰這麼一大早打電話來，我都挺感謝他讓我暫時抽離疑惑，於是立刻接通電話。

「喂？謝志錚，你今天大約幾點回來？」

聽到宋瑞笙平和的聲音，我覺得稍微放鬆。

「大概中午吧？有什麼事嗎？」

「因為數學課有另外派作業，我想你回來可以先跟我抄題目。」

「喔，好啊！那我到家傳訊息給妳，再請妳幫我把題目拍照傳過來。」

「嗯，好……」

聽起來是要掛電話的口氣，我慌忙叫：「等等！」

「怎麼了？」

「呃……謝謝妳，特別打電話來。」雖然把她叫住，我還沒想好要說什麼。

「不會。」宋瑞笙很簡潔地回應，然後在通話中沉默。

我應該是希望有人能陪我吧？那個聲音不算人，希望有人知道我其實還在煩惱，可是我說不出口，不存在的聲音，太真實的夢，姑姑死亡的真相，聽起來全都是瘋狂。

「謝志錚，你那位過世的親人，還好嗎？」

「蛤？」我請假前應該有跟宋瑞笙說過要回老家參加喪禮，但沒有說是誰過世，不過這不是重點，問死去的人還好嗎？是什麼意思？

「唔，好像怪怪的……」難得聽見她這樣困擾的聲音，「我是說，很遺憾嗎？」很遺憾嗎？應該沒有親人離去是不遺憾的吧？可是我能明白宋瑞笙想說的，六十五歲的阿公車禍過世，五十歲的阿嬤上吊自盡，我們這些家人心裡感受不會是相同的，而姑姑呢？

「我……我擔心姑姑好像不是自殺。」鼻子好痛，我用力捏自己的大腿，想要轉移痛苦，好專注在說話。

「原本覺得姑姑是自殺。」比起詢問，宋瑞笙的口氣更像在整理重點。

「她是吊死，警察也覺得是自殺，可是我昨天夢到那是意外。」講著講著臉頰就發熱起來，我到底在說些什麼？好丟臉，快點把我打醒！告訴我這些都是胡思亂想。

然而，宋瑞笙只是輕輕問：「你夢到什麼？」

「呃……該怎麼說呢？我姑姑死在一間廟，吊死在後埕的井裡，但是我夢到她在廟的後殿，從一個儀式中逃走……喔對，那間廟跟我們家族有點關係……」一旦開口，就不得不越講越多，從靈鸞宮與我們家的淵源、阿嬤的往事、姑姑不明的病，而宋瑞笙只是聽，耐心等我發現遺漏，再回頭解釋，終於顛三倒四地說完我所知道的情況。

她會說什麼呢？等待回應的短暫沉默中，我繃著心口，她應該會把我揪回理智，告訴我一切都是胡扯吧？

「你現在懷疑姑姑的死可能是意外，而且意外的成因可能跟她被強迫參與什麼儀式有關，是嗎？」

「呃……」我一時不知道該怎麼說，宋瑞笙的語氣聽起來非常保守，好像在面對未經驗證的數學式，「可是，那只是個夢，我是擔心沒錯，但根據一個夢來擔心，還是覺得……」

「你聽過『潛意識』吧？」宋瑞笙突然說。

「我知道，上次妳在看的那本書，對吧？」我立刻回答。

「很好，那麼你知道『夢』是什麼嗎？」宋瑞笙又問。

我當然知道『夢』字面上的意思，但我想她不是要問這個，所以老實放棄。

「『夢』是大腦在睡眠時的運作，我們的大腦有所謂的短期記憶和長期記憶，就像是電腦的記憶體和硬碟，記憶體裡的東西每次重開機就會清理，睡眠就是我們重開機的時間，大腦會挑選記憶體中重要的部分存入硬碟，使短期記憶變為長期記憶，這個運作的過程在我們的感受中就是『夢』。」

宋瑞笙停頓下來，我知道她的意思，便說：「到此為止都很清晰。」

「所以說，你所夢到的東西，就是原本存在你大腦中的東西，看似沒有關聯的情節，存在著你的內在邏輯，『夢』其實就是潛意識中的思考。」

「照這個觀點來看，什麼死者託夢給刑警破案的故事，其實是刑警在潛意識中的推理囉？」

「確實可以這樣解讀。」宋瑞笙用模稜兩可的語詞篤定地說。

我嚥下口水，進一步問：「那麼，我的夢是……」

「你這兩天東聽一點、西看一些彼此矛盾的訊息，這些線索在腦中亂糟糟纏成一團，但因為所有線索都是來自同一個真相，等你睡著了，潛意識梳理線索間的關聯，串成你的推論，就成了這個夢。」

沒想到會有如此大膽的推測，我已經不知道要怎麼把嘴巴合攏。

「但是夢裡面有很多我原本不知道的事，不能完全用潛意識來解釋吧？」

「聽過『完形理論』嗎?當我手中拿著東西，站在你面前，你不會覺得手被東西遮住的部分不存在，這是大腦為了理解這個世界必備的機能，也就是說，腦補是人類的本能，事實有缺漏的部分，就用想像來補完，當然想像有可能是錯的，所以你會覺得夢中細節不完全合理。」

「好吧。」我姑且聽聽宋瑞笙的說法，「妳覺得我的潛意識是怎麼推測出姑姑是意外死亡的結論？」

「首先，先確認背景資訊，在阿嬤的娘家附近有間廟，你認為家族中有遺傳到精神疾病的人，被當地視為乩身，要不婚不嫁，在廟裡工作。」

「對。」嚴格說起來，阿嬤到底是不是去那裡當乩身？歷代其他乩身到底有沒有精神疾病，都還沒有經過驗證。

「再來，姑姑似乎有病在身，至少爸媽和嬸嬸都這麼說，而且他們都認為姑姑的病有可能導致她選擇自殺，可是你調查過她的房間，沒有發現她曾經看病的跡象。」

「不過可能找到的東西也只有吃剩的藥，如果她現在不需要吃什麼藥，也不會有線索。」

「嚴重到旁人覺得會久病厭世的程度，不太可能什麼藥都不需要吃吧？不吃西藥的話，也可能有中藥。」宋瑞笙頓了半晌，聲音忽然沉下來，「或者，旁人並不是認為她久病厭世，而是覺得她的病本來就可能促使她自殺。」

「像是……憂鬱症之類？」我其實當下就明白宋瑞笙的意思，但可恥的是說不出口。

「有可能。」她平穩而直白地回答，「但如果把家族的狀況考慮進來，可能就會先假設她是不是跟阿嬤生一樣的病。」

「完全沒有看過醫生的紀錄，也沒有辦法證實。」心裡其實很抗拒這個想法，不想去思考姑姑有精神疾病的可能性。

「是啊，最多只能從她表現出來的跡象判斷，不過偏偏你跟她相處最久的時候年紀還小，而且也不知道她那時開始生病了沒有？如果你知道她念書到哪裡，做什麼工作，或許還會有點線索。」

「不知道。」我立刻回答，姑姑的房間裡只有高中課本，沒看到專科的講義或社團的東西，上一輩的人只念到高中也不奇怪吧？

「喪禮的時候，應該會有同事來上香吧？或者會送罐頭塔、花籃之類？」宋瑞笙的語氣雖然柔軟，但在內容上緊追不退。

「這個是沒有……」我回答得有些艱難，然後突然想到一點，「我只知道她的工作需要去國外，小時候她常常跟我講什麼金閣寺、金門大橋的故事。」

「謝志錚，離你的老家最近的國際機場在哪裡？」

「蛤？」雖然不明所以，我還是回答，「清泉崗。」

「我剛剛一邊問一邊用電腦查了，清泉崗機場開始有固定國際航線大概是三、四年前的事，而且是以飛中國為主，一個工作上需要跑日本、美國的人，要定居在老家，我想不是很方便吧？」

「妳是說，姑姑騙了我？」

「就算她說的話不是真的，也可能不是在騙你。」

我明白，來自錯誤的判斷與邏輯、與現實不符的堅定信念，這是妄想的定義。

閉上眼睛，印象中的姑姑披著黑亮的長髮，身穿高中運動服和百褶裙，依舊在她的書桌前看英文書，靈堂上的遺照是國中畢業那張稚嫩的臉，彷彿時間從來沒經過。

護照的使用期限是十年，申請需要六個月內的照片，一張新照片也沒有的姑姑，不可能在二十五歲後還出過國，在二十五歲前曾經出國的前提是，她在國三就申請了護照。

或者，她始終都住在那間被海外風景包圍的房間，白漆木門上掛了隔絕她與世界的荷包鎖，當她腦中的風暴颳起，小時候的我就只能在緊閉的木板門外，聽著不能理解的哭聲。

第二晚的夢，就是我的記憶吧？

「謝志錚？」

「啊，我在聽。」我趕緊回神。

「我們一開始的前提就是遺傳到家族疾病的人會被視為乩身，而且人們又相信每一代都會有一個人被神明指定，所以我想姑姑應該會被視為下一代有扶乩天賦的繼承者，帶去靈鸞宮受訓，你說過她身上有很多舊傷，大概就是如同夢中的『訓練』留下來的。」

「怎麼……」徒勞的反駁還沒出口，我突然想起第一晚見到何家瑋時，他所說的話。

——這個房間實在太久沒有亮燈……

「我姑姑的房間，聽說有半年沒開燈了。」我向宋瑞笙解釋何家瑋看到的狀況。

「半年啊……」宋瑞笙的反應倒是有些遲疑，「但大家都說姑姑病得滿久，會是只有半年嗎？還是半年前發生了什麼事情，讓她在那個時候被帶走？」

「啊，原本的乩身——就是我大舅公，他應該是在半年前過世。」

「我們從頭整理一下時序，本來牽亡的工作都是大舅公負責，阿嬤在生下姑姑後發病，過了幾年被帶去靈鸞宮，多年後自殺過世，而姑姑不知道什麼時候發病，但她直到半年前大舅公過世，才被帶去靈鸞宮繼任。」

「不過好像還沒訓練完成，因為我表姊說這半年都沒有乩身。」

「你覺得姑姑不想要當乩身嗎？」

「欸？」我有點追不上突然轉變的話題，「為什麼這麼說？」

「因為你的夢，夢裡她逃脫了，可見這是你的想法。」宋瑞笙一解釋出來，一切好像就變得理所當然，「我不清楚乩身要怎麼訓練，但過了半年還讓廟公這麼煩惱，或許也跟她不想訓練有關。」

我回想高中的姑姑在作文簿中單純的話。

「不想當也是很自然的吧？要住在廟裡，不能談戀愛、結婚，原本想做的事實也沒辦法……」我突然想到，半年以前，已經三十五歲的姑姑其實也還沒有結婚，目前的線索看來，她甚至有可能一直都待在家裡，少女時代的夢想也已經被宋瑞笙戳破。

「不過這些就只是推想，還是沒有辦法證實她真的被強制關在你所說的地下室。」

我沉默了，原本對自己的夢就是懷疑多於相信，自然也沒有去想要怎麼證實，然而現在宋瑞笙肯定我的夢，我卻覺得更加無力，如果夢是真的，姑姑就是被人監禁、虐待，最後在逃亡的過程中意外身亡，但連遺體都已經火化的現在，會有方法證實她所遭遇的一切嗎？

「除非她有毛髮之類掉在地下室，但也只能證明她去過那裡。」宋瑞笙似乎沒有察覺我的沉默，還在認真思考，「對了，還有訓練用的法器，如果跟你的夢一樣是見血的，就至少能確認她在那裡接受過訓練，但是……」

「法器？」突然勾起的記憶讓我忍不住打斷宋瑞笙，「我們在後殿的牆上看到缺了一個法器，好像是叫什麼……鯊魚劍？」

「果然。」宋瑞笙聽起來反倒少見地沮喪，「已經被處理掉了。」

「你是說像被燒掉之類的嗎？雖然鯊魚劍不是金屬，但應該也沒那麼容易燒掉吧？要在廟裡放一大把火沒被附近鄰居發現，不太可能。」

「或者是被埋起來。」

「不可能。」這次我很篤定地反駁，「廟裡的後埕鋪了石板地，沒有地方可以埋，而這也不是可以放心埋在外面的東西吧？」

「你覺得東西還在廟裡嗎？」

才被宋瑞笙反問一句，我又洩了底氣，孬孬地說：「是我的話應該還是會想辦法把證據處理掉，畢竟訓練中的乩童出了事，不管有沒有監禁的法律問題，對廟方來說，傳出去都不是好事，可是我不知道要怎麼處理。」

「嗯，我知道了，所以我們可以假設廟公已經或者是有打算要把那個鯊魚劍處理掉，而不是隨隨便便放在廟裡某處。」宋瑞笙毫不猶豫接受我的判斷，「對了，你說鯊魚劍不是金屬，那麼是什麼？」

難得有機會講解給社長大人聽，我馬上把何家瑋的話現學現賣：「那是一種鯊魚的角，所以是偏向骨質的東西，高溫還是能夠燒毀。」就像是燒骨灰一樣，我忍不住聯想。

「這樣啊，如果是用廟裡的金爐……不行，平時會被人看見，晚上燒金也很可疑。」

實在很謝謝宋瑞笙這麼努力思考，但我覺得好絕望，姑姑出事到現在都三天了，如果能想到方法處理鯊魚劍，應該早就處理掉了吧？

「只要有一把火，一個能升火又不會被外人看到的理由……」

一把火，一把不會被看見的火……我回憶起熊熊的火光，然後衝口而出：「送肉粽！」

「啊？」宋瑞笙似乎沒有馬上反應過來。

「我是說，『送肉粽』要升火，原本要燒的是上吊的繩子或者衣服，但如果把那把劍也混進去呢？衣服的體積要藏劍在裡面不是不可能，而且姑姑過世時穿的是洋裝，只要裡面用架子撐住，像人家在招魂那樣，劍應該可以一起藏住，這個場合又只有廟方的人和我叔叔嬸嬸會出現，其他人躲都來不及，也適合避人耳目。」

一口氣說完，我等著宋瑞笙的反應。

「嗯，你說小時候有看過這個儀式，你覺得可行就是可以吧？」宋瑞笙很乾脆地說，「總之，在求證以前，一切都是假設。」

沒有想到她會直接認同我的推測，我自己反而沒有那麼強的信心，也許對她來說，還沒被證實錯誤的假設，無論多麼荒謬都有同樣的真實性吧？

「這樣的話，那把劍就應該還藏在廟裡。」我喃喃說，「得要去確認才行。」

「你有辦法進去嗎？不可能會放在一般信徒看得到的地方。」

「我請表妹幫我，她有後門的鑰匙。」我邊說邊想著禹真聽到這個殘酷的猜測，可能會露出怎樣嚇壞的表情，可以的話我當然不想讓她害怕，但要進去靈鸞宮還是得借助她。

「嗯，慢走。」宋瑞笙這句的使用時機雖然有點微妙，卻給我莫名的安定感。

現在出門勢必會延遲出發回家的時間，所以我一聲不吭地出去，去找禹真之前，我得先往隔壁的何家去借車。

雖然是一大早，何家瑋沒有從被窩中被挖醒的感覺，他聽了借車的理由，表情看起來很凝重。

「你說還想確認有關你姑姑的事，所以要去找禹真？」

我大力點頭：「對，我要再進去靈鸞宮裡面看看，所以非得找她不可。」

何家瑋端詳著我，很嚴肅地說：「可是廟公說我們不應該進去，原本不知道就算了，再去私闖是違法的吧？」

「應該吧……不過我有很重要的事情要確認。」很難為自己辯駁，因為我不想講出我的推測，不想在還沒有確定的時候抹黑他們。

「唉。」何家瑋突然嘆氣，「你到底懷疑什麼？為什麼不說出來呢？是你注意到什麼疑點，還是有誰告訴你的？」

我心底震了一下，何家瑋不可能知道我早上跟宋瑞笙的討論，不過想想，就算知道又怎樣？他也不會知道瑞笙可以多冷靜分析事實，不相信瑞笙也是自然。

「也不能算是有誰告訴我的，但我有跟一個信任的朋友討論，雖然機率很小，既然姑姑的死因有可能不單純，還是要去確認啊！」

「朋友啊……」何家瑋低聲，「是昨天在廁所裡那個人嗎？」

「欸？」我發現何家瑋的誤會大了，趕緊說，「不是啦！那個是騷擾……騷擾電話。」

「謝志錚。」

突然被叫出全名，我胸中一寒。

「其實，昨天我在廟裡就有注意到，你有幾次眼神突然轉去看後面，好像是聽到什麼聲音一樣，但那時候除了你伯伯在前面講話外，沒有什麼其他的聲音；然後是廁所裡的自言自語……」何家瑋聲調低壓，但越講越快，「你到底聽見了什麼？」

我聽見了什麼？

當她的聲音不存在的時候，我可以假裝一切都沒有存在過，就連曾經聽見她的我都是不存在的，但現在有了我以外的證明，我不得不面對曾經聽見她的事實。

或許是看到我呆愣的樣子，何家瑋放柔聲音，進一步問：「你聽到有人跟你說姑姑的死因很可疑嗎？」

「不是！」這一點我就可以立刻反駁，「姑姑的事是我自己的推測，她會死在那間廟無論如何都很奇怪啊！我懷疑她是被綁架到那邊、被強迫當乩身，所以才會出意外死亡。」

話衝出口，我看到何家瑋雙眼中的光芒突然變得疏離，當下便後悔了。

他一定覺得我瘋了吧？是因為被害妄想，才幻聽到有人告訴我姑姑不是自殺的，就算我要對他解釋跟宋瑞笙的討論過程，他會不會也覺得宋瑞笙並不存在呢？

「你覺得姑姑被綁架？」何家瑋皺眉，「這不是什麼隨隨便便的指控，弄不好相關的人都會很困擾。」

「所以我才要去找證據。」我忍不住拉高音量，「也許你覺得我這麼想太荒謬，我也覺得很荒謬，所以我知道需要證據。」

「你期待找到什麼？」何家瑋的語氣變得緩和一些。

我也稍微緩口氣，然後把早上跟宋瑞笙討論的內容，去掉夢的部分講給何家瑋聽，何家瑋從頭到尾臉色都很僵硬，看不出他的想法。

終於等到我做出結論，何家瑋沉默了半晌，才說：「照這麼說，你要指控的不只蔡夫人廟，還有你叔叔、嬸嬸？」

「這……」從沒想過這個部分的我一時說不出話。

「你叔叔、嬸嬸和姑姑住在一個屋簷下，如果姑姑被綁架，叔叔和嬸嬸怎麼會不知道？除非他們也是共犯。」

「共犯？」我不能理解何家瑋的話，「我叔叔為什麼要讓人綁架自己妹妹？」

「譬如說，他也希望蔡夫人廟有後繼者，所以也督促妹妹去做這件事。」

我搖頭：「可是我嬸嬸好像不太清楚靈鸞宮在做什麼，如果叔叔有這樣表示，嬸嬸應該會知道。」

「另外一個可能，就如同你的推測。」何家瑋在停頓間意味深長地看我一眼，「因為姑姑一直以來的病，他們倆也照顧得很辛苦，既然有個願意接納她、甚至可能在醫學以外讓她過得比較平靜的地方，為什麼不鼓勵她去呢？」

如果剛才是不懂而說不出話，現在我就是震驚而說不出話來，沒辦法想像對誰都很親切、一直主動幫助我的何家瑋會講這樣的話。

「那個……我不願意這樣想自己家人，但如果他們真的強迫過姑姑做什麼事，我也不會覺得這樣對的。」

何家瑋默默轉身，我以為他不想理我了，但他回頭就牽了昨天我騎的那輛腳踏車出來。

「你要去哪裡，腳踏車就借你。」

我接過龍頭，來不及開口道謝，就對上何家瑋嚴肅的眼神。

「不過你還是好好想一想，一直跟姑姑住在一起的叔叔和嬸嬸，或許更能為她打算吧？就算真如你說，她是意外死亡，發生這樣的意外已經夠讓人難過了，這時候再去追究當初的決定，真的有意義嗎？還是只讓活著的人痛苦而已？」

「嗯。」我低頭，「謝謝你。」

「不客氣。」

我跨上腳踏車，把握時間出發，轉彎時回頭看了一眼，何家瑋高大的身影還立在門口，我對他點頭，也不知道他有沒有看到，但我不再往後看，開始全速前進。

我在禹真家門外打電話把她叫出來，她雖然一臉惺忪，還是滿面笑容地走出大門。

「回家前還想要做什麼嗎？」她輕快地問。

我吸飽氣，才說：「想請妳幫忙，讓我再進一次靈鸞宮的地下室。」

禹真愣了，原本半瞇的眼睛突然睜大，不等她問，我就先解釋：「這說來話長，邊過去邊講吧。」

「等等！」禹真拉住我的袖子，「真的要去的話，我還得先拿鑰匙，可是為什麼？這次再被金隆伯抓到的話，不會這麼簡單了事，我看連舅舅都會把我揍一頓。」

眼看時間一分一秒過去，我忍住手機隨時都會響起來的焦急，耐著性子對禹真說：「有關姑姑的死，我發現有些需要調查的事……」

趕在她發問以前，我開始說明推導出疑點的過程，當然還是省略了作夢的部分，眼見禹真的神色越聽越茫然，我於是省略更多細節，早早結論：「……總之，我要進去找是不是真的有那把染血的鯊魚劍。」

「等等等！」現在禹真不只是拎著袖子，而是直接抓緊我的手臂，「志錚哥哥，我聽不太懂你為什麼覺得宜春阿姨被強迫什麼？但是阿剩姑婆原本要當童乩這件事我是知道的……」

「什麼？」聲音出口，我發現禹真嚇到似地縮了一下，連忙強迫自己用溫和的聲調問，「你確定我阿嬤真的也住在地下室過？也是為了要當蔡夫人的乩身？」

「嗯……」禹真點頭，還是有點怯生生地回答，「那時候我還小，是後來聽大人講的，雖然不清楚狀況，但確定姑婆原本要接替伯公，好像是伯公第一次中風之後，他們找姑婆回來，後來伯公恢復得還不錯，所以姑婆一直都是候補。」

深呼吸之後，我繼續問：「那妳知道……我阿嬤她是不是不太情願去那裡？」

禹真看著我，嘆一口氣，低聲說：「志錚哥哥，你好像覺得大家在欺負阿剩姑婆？」

「大家？」

「對啊，金隆伯……或者其他去拜拜的人，雖然金隆伯是很兇沒錯啦！但也不是壞人吧？姑婆既然被神明挑中了，就算一開始不習慣，廟裡的人也會慢慢教她怎麼牽亡、傳旨這些。」

「被神明挑中……」我莫名覺得反感，低聲咕噥，「阿嬤就是不想，哪有什麼工作是非做那個不可的。」

「被挑中本來就是非做不可啊！」禹真的語調加快，有點煩躁的樣子，「如果姑婆真的接替舅公，整個下庄也都會很尊敬她，就算沒辦法有子孫家庭，不管她需要什麼，所有信徒都會盡力幫忙，不是比一個家的人還要可靠嗎？舅公生病的時候還不是我媽在照顧，難道你覺得我媽和舅舅對舅公很差，所以不想要你阿嬤過來？」

「不是這個意思啦！」我趕緊反駁，「妳想想，如果是妳現在好好要出去實習，但神明突然叫妳留下來當她的乩身，難道妳就不會猶豫嗎？就不會想過拒絕她、過自己的人生嗎？」

禹真縮著脖子，原本就嬌小的她看起來又矮了一截，聲音也突然低了好幾度：「那個……如果是我被選上，那就是……就是我的人生啊！」

我放棄了，我不知道要怎麼跟把命定視為理所當然的人講話，更無法想像昨天還充滿期待說著要去北部找我的表妹，轉頭就可以無視另一個人對自己人生的意志。

如果這個角頭每一個人都這麼想，可以想像阿嬤當初——很可能還有姑姑——遭遇什麼樣的痛苦。

「好。」我沉聲說，轉身離開。

「志錚哥哥！」

又踏出兩步，我才決心回頭，見到禹真瞬間放鬆的臉。

「你沒有要過去吧？」雖然嘴角擠出笑容，她的聲音是發顫的，「你不是真的覺得，媽媽她們害了姑婆吧？」

「阿嬤的事情已經沒辦法追究，我現在只希望姑姑的事不要也變成這樣。」

「姑婆明明就……」

我沒有聽完禹真的話，邁出大步，直接跨上腳踏車，踏板一催，就再也聽不到其他聲音。

騎到靈鸞宮的後巷，我還沒冷靜下來，反而越想越氣，不要說何家瑋的懷疑，爸爸和叔叔原本對姑姑避而不談的態度，我就很不能接受；何家瑋那種不論是非、只管效益的行事準則，我更是不屑；而連選擇都放棄、人家說什麼就覺得該照著做的禹真，我只覺得絕望。

抱著一絲希望想去轉轉看禹真昨天開過的後門，但眼角掃到坐在門口剝蚵殼的阿桑的視線，感覺只要我這個陌生小子一有輕舉妄動，馬上就會傳進廟公耳朵裡。

我暫時放棄這扇門，穿過後巷，往昨天沒去過的那一頭走，來到西廂房辦公室的後面，這一側也是臨著民房，有個中年男低頭在修機車，我用餘光確認他沒有抬頭看我，一邊觀察辦公室的窗戶，很可惜窗子全裝上與磚房格格不入的鐵窗，絕不可能在大白天闖進去。

廟的正門當然是不可能溜進去，我從廟埕邊緣繞一大圈經過，遠遠就看到金隆伯和一個不認識的阿公仔坐在三川殿前的長椅開講，如果我大搖大擺走進廟裡，穿過後埕前一定會被攔下。

繞過正門，回到有側門的這一面，側門在姑姑的事件後便上了大鎖，但磚牆的高度要翻越其實可行，只是牆頂水泥裡倒插不少玻璃碎片，而且果然還在剝蚵殼的阿桑始終盯著這面牆與後巷，估計會在那個位置生根一整天。

繞了毫無進展的一圈，回到腳踏車邊，我不敢逗留，牽了腳踏車就走。

穿過幾條巷弄，我發現一間柑仔店，顧店的大嬸盯著電視，我自己從角落翻出生滿灰塵的鞭炮和工作手套，然後在櫃台跟大嬸問打火機，大嬸連看也沒看我一眼，轉身摸來一個有西洋比基尼照片的廉價打火機，一氣呵成的動作中，眼睛完全沒有離開過重播的偶像劇。

我帶著新添購的道具走回靈鸞宮，從廟的西側繞過去，修車阿伯已經沒有站在門前，不曉得是終於修好機車，還是牽去機車行了。

用牆角擋住金隆伯和阿公仔的視線，我戴上嶄新的工作手套後，把鞭炮點燃，用力拋向廟口，鞭炮在地上滾了幾圈，成功在廟埕中央爆炸。

「哇啊！」

應該是阿公仔的大叫，接著馬上看金隆伯跑下廟埕，我隨即繞過後巷，跑到靈鸞宮的東側。

「發生什麼代誌？驚得我心肝頭砰砰跳。」

遠遠聽到廟埕傳來歐巴桑的聲音，果然剝蚵阿桑已經不在原位，我把她的板凳拿來墊腳，撐著牆頂翻過去，雖然戴了手套，還是覺得掌心一刺，不曉得等下脫了手套會是什麼光景？

不管怎樣，我總算成功在鞭炮聲中落地。

後殿大門還是用鎖鏈緊閉，不像是有辦法輕易破壞，我直接往辦公室的木拉門走去，為了避免摩擦的噪音，很緩慢地推動拉門。

「莫振動！」

背後的大吼讓我一震，有個瞬間我心中閃過直接衝進辦公室的念頭，但想到裡面是個死胡同，就放棄轉身。

金隆伯瞪著眼睛，立在後埕中央插腰，後面跟著探頭看熱鬧的阿公仔，還有……禹真？

我不敢相信地再一次端詳從前殿望出來的少女，她馬上低頭，緊抿著嘴，但這無疑就是彭禹真，黑髮斜綁一撮小馬尾，標誌性的水藍連帽外套，短褲下一雙烏仔腳和亮黃色的夾腳拖。

「若不是芳錦家細漢的懂代誌，就要讓你這個賊仔進去了！」

我本來要開口，但最後作罷，這時候質問禹真，還能得到什麼答案呢？原本被鞭炮引出去的金隆伯，就是因為聽到禹真來報信說我想要闖進廟裡，才發現鞭炮是調虎離山之計，轉而進來後埕查看，把我逮個正著。

「還站在那做啥？出來啊！」

雖然不甘心，我還是暫且照做，經過拱門時撞開禹真。

「志錚哥……」

也許禹真還想解釋什麼，但我不想聽了，也不管身後金隆伯怒氣沖沖地碎念，逕自走遠。

信腳踏往濱海，手機在這個時候響起，我默默聽鈴聲響了兩遍，等鈴聲也放棄的時候，才拿出手機。

是媽媽的未接來電，已經九點半了，他們一定在找我，但我還拿不定主意要怎麼做。

為了爸爸不想探究的事情延誤回家時間，回去應該有得好受，但如果我現在轉頭，就再也不會有人追究姑姑到底發生了什麼事。

手機又在我掌中響起，再度聽完鈴聲後，我把手機關機。

送肉粽就在今晚，終點是十年前燃起烈火的海濱，如果有人必須處理掉什麼對他不利的東西，就會在那個時候出現，所以我只要在一切的終點等著，真相就會出現在我面前。

今夜子時，一切分曉。

送煞

隱隱的海潮聲伴隨腥味湧來，我蹲得雙腿發麻，手機螢幕上顯示十一點四十三分，距離送肉粽的隊伍離開靈鸞宮已經兩個小時又十七分鐘過去。

晚上八點半我就躲在靈鸞宮對面的巷子裡等待隊伍出發，那個時候附近的家家戶戶早就門窗緊閉，還貼滿符仔，因為沒有人敢往外看，看起來有夠鬼祟的我只需要注意不被廟裡的人發現。

陸續有些年輕人走進靈鸞宮，金隆伯站在門口指揮大家搬出令旗、神轎這些道具，還有一大箱八成印著「靈鸞宮」的黃毛巾，所有來幫忙的一人一條。

人群中我認得出來的只有坤水伯伯，他應該算是喪家的人吧？沒有跟著別人忙進忙出，始終站定在三川殿的角落。

九點一到，靈鸞宮裡就傳出鑼鼓聲，看來是開始作法了，起駕儀式比我想像中耗時，我聽著模糊而單調的誦唸，幾乎要睡著的時候，才見送肉粽的隊伍浩浩蕩蕩出來。

領頭是那支高大的黑令旗，一個特別健壯的青年扛著，後面跟著赤紅的神轎，再來是隊伍中唯一女性舉著長竹竿，竹竿頂端掛的是一件紅洋裝，多半就是姑姑當時穿在身上的，然後還有好幾個敲鑼打鼓的男人，金隆伯和坤水伯伯跟在最後面，隊伍四周還有好幾個看起來年紀不比我大的小夥子，個個拿著竹掃把，不住往外掃。

好像缺了什麼？我回想十年前的記憶，雖然老實講我記得不多，但總覺得有什麼當初看過的東西，這次沒有出現，什麼躍動的、艷紅的……

對！那是一個人，穿著大紅色的肚兜，如同夢中「姑姑」的打扮，手中拿兵器不住往自己背上砍，砍出一道又一道紅絲。

回憶中的那個人應該是潘將軍的乩身吧？至於這一次，靈鸞宮目前沒有乩身。

為什麼明明連乩身都沒有，靈鸞宮還堅持要主辦這次送肉粽呢？阿嬤當初也是在靈鸞宮過世，所以姑姑死去的地點不成理由，想要趁機運出鯊魚劍銷毀的可能性越來越高。

——唉。

是風聲吧？我感覺到手心泌汗、心臟狂跳，大概是哪扇沒關緊的門，當風吹過狹窄的門隙，發出的聲音總是像嘆息。

——不想聽……嗎？

「住嘴！」我低聲咒罵，出口後又匆忙窺看，送肉粽的隊伍還拖拖拉拉沒有走遠，還好震天響的鑼鈸讓他們沒注意到我的動靜。

——嘻嘻。

又是這個笑聲，模糊到找不出來源，又清晰到無法逃離，我只能強耐對她大吼的衝動，死盯著遲遲不消失的送煞隊伍。

——你會陪我。

宛如糖漿，黏膩而濃稠地包圍，我又開始覺得與世界隔絕。

——永，遠。

「不可能！」我霍然站起，隊伍最後一個拿竹掃把的年輕人已經消失在巷弄轉角，不理會

「她」咯咯的笑聲，我大步往海邊走去。

今晚不知道是朔日還晦日？夜空中找不到月亮，黑得連一絲雲都沒有，雖然看不見浪花，陣陣濤聲讓我耳中徘徊不去的聲音不再明顯，心裡總算靜了一點。

等到送肉粽的隊伍回來時，隊伍中就會多了叔叔吧？趁著他們還在堆柴、火還沒升起的時候，我要當著叔叔的面扯下那件紅衣，看看染血的鯊魚劍是不是就在下面？

空闊的沙灘上沒有地方可躲，我把下午買來的報紙攤在一叢草上，裝作是被風吹過去偶然蓋上的，勉強製造一點遮蔽，反正只要讓他們下防波堤前不要注意到我就好。

雖然金隆伯估計隊伍至少要十一點後才會回到海邊，我還是一準備好就在報紙後面蹲下，就這樣過了兩個多小時。

稍微挪動一下腳的位置，痠麻便一口氣襲上，差點讓我唉出聲來，不過因為送肉粽隊伍隨時會抵達，只能緊抓著預備好要勾下紅衣的竹竿忍耐。

這時遠遠傳來的腳步聲就彷彿救贖了，我側耳細聽，由於同樣被報紙遮住視線，只能從腳步聲的方向來推斷他們走下來了沒。

可是，敲鑼打鼓聲呢？我突然覺得不對勁，但這是送煞的夜晚，還有誰會在外面走動？

——還會是誰。

那個聲音又趁機闖入思緒，奇妙的是，我反倒感覺安定下來，大概是比起報紙外未明的事態，這兩天不時出現的聲音反倒讓我覺得熟悉吧？

我握著竹竿，猶豫要不要跳出去，腳步聲的方向已經穿越我的前方，如果這就是隊伍，他們應該已經全部走下防波堤。

等到火升起來，就來不及了。

深吸一口氣，我高舉竹竿，跳出報紙掩護之外。

「什麼東西？」「有人！」「啊啊啊啊！」

圍繞著柴薪有三、四個打赤膊的人影，除此之外就什麼都沒了，隊伍還沒來，只是幾個幫手提前來海邊準備升火。

我心叫不妙，轉身要逃，背後馬上傳出怒叱。

「站住！」

我被匍匐的草根絆了一下，雖然急著重新加速，但蹲麻的雙腳力不從心，只聽背後的腳步越來越近，然後被狠狠壓制。

名副其實地吃土——或者說吃沙，我狂咳了一陣，然後激起更多飛沙，這次還噴到眼睛。

「是誰啊？」

「不認識。」

「看熱鬧的吧？」

「怎麼辦？扁他一頓？」

我的腰際被踹了一下。

「這臭卒仔還有攢傢伙欸！」

手被狠狠一踢，我只得鬆開竹竿。

「好了，還是先報告大仔，再看著辦吧！」

「現在打電話過去，回來鐵定會被打死。」

「傳訊息好了。」

這話說完，眾人沉默了一陣，我的呼吸總算平靜下來，但身體還是動彈不得，剛剛的對話聽起來有四個聲音，就算我能掙脫現在的壓制，竹竿也回到手中，要殺出四個人的包圍還是很困難，況且這群流氓少年手邊有什麼武器也還不曉得。

「大仔叫我們不能開扁，直接把他架回廟裡。」

「回廟裡？有沒有搞錯啊？這樣他等下不就看到送肉粽了？」屁股壓在我背上的那個人說。

「大仔講的，不信你自己問。」

這話出口，其他人都沒再說話，壓制我的人把我的雙腕扣好，趁大家一同使勁壓住我時站起來，然後我不知道被誰揪起衣領，重新站回地面上。

正前方那個人瞪著我站起來，沉聲說：「你好狗運沒被扁，就識相點，若是想要狡怪，大仔剛剛講的，我們這邊都沒人聽到。」

「快走！」後面的人踹我小腿一腳，我被壓著向前。

還好從海邊不一會兒就能回到靈鸞宮，回到廟口，四個流氓少年又開始吱吱喳喳，本來是討論我會被怎麼處置，沒多久就變成單純的打鬧。

突然間，他們安靜下來，然後我看見快步走來的金隆伯。

「果然是你！」也許是夜晚太靜，金隆伯語氣雖然兇狠，聲量卻壓得很低。他走進廟裡，沒多久拿了一捆塑膠繩出來，丟給剛剛威脅我的流氓少年。

「手就好，綁好架他進來辦公室。」

金隆伯丟下指令，少年們很有效率開始動作，把我的雙手反綁到快要血流不通，然後用同樣的姿勢把我一路推進辦公室，擺在沙發上。

已經在辦公室裡的金隆伯把他們打發回去堆柴，然後拉上辦公室對外的木門，扣上門栓，轉身對我冷笑。

「講吧！你怎會跑來看送肉粽？」

我抿著嘴，決心不說話，真正的目的不能講，但對這人也沒什麼好費心欺騙的必要。

「不講嗎？」金隆伯走近，把我的下巴往上抬，我用力轉頭，張口往他的指尖咬，但金隆伯閃得快，我的牙齒響亮一聲「喀」，震得發痛。

「瘋狗嗎？」金隆伯雙眼一瞪，我差點以為要被當頭一拳，但他沒有動作，喃喃說，「若不是現在真的沒人了，我一定讓你不好過。」

我現在難道很好過嗎？雖然當下是這個念頭，但我更注意的是，什麼叫「真的沒人了」？

「你說什麼沒人？」

金隆伯看我的眼神瞬間閃過疑惑，不過他很快就自己點頭道：「你從小離開這裡，搞不清楚狀況吧？元雄伯過世以後，雖然重禧終於願意讓宜春過來，但還沒出師就發生那種事，現在就剩下你了。」

「你說讓宜春……我姑姑來做什麼？」我朝著金隆伯大吼，腦袋脹痛起來，推測半天不敢指控的懷疑，他竟然這樣若無其事地說出來。

「來當乩身啊！」金隆伯沒有動氣，只是更加不解地看著我，「她很有善緣，不過你阿公很固執，說什麼就是要把她留在家裡，明明被夫人挑上的人在社會上也沒辦法過一般生活。」

「然後呢？姑姑不想要當什麼乩身，你們怎麼強迫她來的？」

「你是在大小聲什麼？」金隆伯的聲音沉下去，「你明白怎樣才是對她好嗎？跟夫人有緣的人，如果硬要去逃避，反而會多災多難，況且宜春連高中都讀不完，只是把她留在家裡，跟關著有什麼不同？」

實在聽不下去這種話，這裡的人開口閉口就是「中選」、「緣份」這些事，如果人不能選擇自己的未來，還能夠稱為人嗎？靈鸞宮……不，整個下庄的人都跟我在不同的世界吧？根本沒有溝通的可能。

但至少還有一件事我要確認，我耐著厭惡質問：「你說重禧叔叔，他答應讓姑姑過來？」

金隆伯嘆口氣：「也不是馬上就答應，原本以為他不會像老爸那麼固執，但也不知道是怕事還怎樣，每次跟他談宜春的事，就把阿爸說什麼掛在嘴邊，到元雄伯也不在了，說什麼也要去跟他拜託，才好不容易把宜春帶過來。」

至少叔叔還是保護了姑姑四年，就算這樣告訴自己，仍然克制不住厭惡。

「你現在一定覺得當夫人的使者很無聊，但你以後就會明白這是你的緣分。」金隆伯轉身往後殿的木板門，打開門鎖。

「什麼緣分？」雖然衝口這樣問了，我還是有明知道他要說什麼的不安感。

金隆伯背對敞開的門，突兀一笑：「你可是蔡家的子孫，也是這一代聽得見夫人旨意的人呢！」

「哪……哪來的事？」我的聲音顫抖得不像話。

「不是有聽到嗎？」金隆伯緩步靠近我，「我是不知道聽起來是怎樣，應該是女人的聲音吧？不管什麼時候都可能突然開口，直接在耳朵裡的聲音，應該是這樣吧？」

很想要大聲反駁，但開不了口，因為事實擺在那裡，跟金隆伯的描述分毫不差，但一定是搞錯了什麼吧？哪可能真的有什麼幾百年前的死人在我耳朵裡說話？

欸？在我耳朵裡的事情，涂金隆是怎麼知道的？

腦中閃過這一點讓我突然一身冷汗，如果說有注意到這件事的人，應該只有……但他是頂庄人啊！為什麼要跟著下庄的迷信起舞？

「好了，我還要回去送肉粽。」金隆伯走向往後殿的木板門，打開門鎖，「你就先在裡面待著吧。」

「你打算把我留在這邊到什麼時候？」

金隆伯嘆氣聳肩：「要我講幾遍？你是夫人的使者，這裡就是你一世人的歸處。」

「開什麼玩笑！我如果就此不見，別說我爸媽了，叔叔、嬸嬸也會找我啊！」

金隆伯咧嘴一笑，露出難看的銀牙：「你看過牛奶盒子上的照片吧？你想那些照片為什麼會在牛奶盒上十幾年呢？」

「可惡！」明知道被反綁的我也開不了往外的門，我還是掙扎著站起來想逃，但要從柔軟的沙發單憑腰力爬起來意想不到地費勁，只是遲了片刻就讓金隆伯揪住我的後領，硬揣往後殿。

跌跌撞撞過了門檻，沒法用雙臂維持平衡的我終於摔在地上，也不知道算不算幸運，後殿的地板被擦得一塵不染，只是下唇被牙齒撞出滿嘴腥味，腦袋震得又痛又昏。

屁股被摸了一把，然後感覺到手機和錢包離開我的牛仔褲後口袋，我想轉身阻止，但渾身骨頭到內臟都痛得像要離我而去。

黑漆漆的後殿燃起紅光，似乎來自供桌上的燈，然後是檀香的氣味，不一會兒就繚繞悶不透風的空間。

「敬告定海夫人與蔡家列位祖先，弟子涂金隆在此奉告，第八代靈鸞使者謝志錚已經找到……」

初老男子渾濁的叨唸與線香交纏、旋繞，殿內空氣沉重得快要無法呼吸，眼角積著忍痛擠出的淚水。

耐到重擊地面的疼痛襲過，我掙扎痠麻的肩膀，從地上硬挺起身，正見到涂金隆開門，我慌忙站起，但辦公室的一隙日光燈「砰」地闔上，然後是上鎖的聲音。

觸目所及又只剩下長明燈的紅光，我不死心走向門，用被反綁的手試著去轉門把，但顯然是上鎖了。

還有地下室，我面前就是那個暗得不像話的坑洞，完全看不到下面的房間，我盯著讓眼睛發痛的黑暗，終於嚥下口水，側身靠牆，慢慢走下樓梯。

也許是眼睛已經適應微小的光線，還隱約看得到房間中央的單人床，昨天被禹真帶經過這裡，彷彿已經是上輩子的事，那時候她說不知道這個房間住的是誰，想起來應該就是阿嬤的房間，阿嬤住在這裡的時間和大舅公重疊好幾年，或許是專程為了她而隔間。

不知道電燈開關在哪？我沿著牆走，一邊緩慢扭動上臂感受牆上有沒有突起，最後終於在隔間門邊找到開關。

突然亮起的燈光讓我大力眨眼，才慢慢看清楚這個平淡的房間，但我沒有多逗留，直接往下個房間末端的鐵梯走去。

這回小心翼翼靠著牆爬上鐵梯，鐵梯的嘎嘎聲已經讓我心底浮浮的，到了頂端還要轉過身、墊腳尖去扭門把，如果我看得見漆黑中的樓下，大概會更害怕吧？

門理所當然也是鎖著，我一秒也不想多待在這鐵梯上，又靠著牆走回地下室。

回到地面後，我呼出一口氣，兩隻手實在又脹又麻，還是先想辦法鬆綁，才好繼續找其他出路吧？

大舅公房間是拉繩式的燈泡開關，我直接放棄開燈，憑著隔壁房門照進來的燈光，走向摺疊桌，桌上除了菸灰缸和茶具，真的什麼也沒，再來打開旁邊矮櫃，裡面就是杯子、碗筷，看來別說水果刀，連指甲剪都是妄想。

所有的杯碗都是塑膠製，簡直像要防範這間地下室裡的人做出什麼事，我還是試著摔了，但被反綁的手使不上力氣摔破，雖然陳年菸灰很噁心，我仍然摔了菸灰缸，菸灰缸在地上滾了幾圈，缺了一角，但還是沒有出現能讓我割斷塑膠繩的碎片。

沒招了，廁所裡應該還有鏡子，但我的手舉不到那個高度來敲碎。

已經搞不清楚現在是幾點，地下室只有日光燈冷淡的光，我走回阿嬤的房間，坐到床上。

送肉粽的隊伍不曉得走到哪裡了？姑姑曾經被囚禁的證據已經被銷毀了嗎？好不容易在送肉粽前察覺到這個陰謀，卻在最後一刻被抓來這裡。

對了，姑姑這半年應該也是在這裡度過的吧？說不定還有什麼線索留下。

我走進廁所，用肩膀開了燈，上次來看到的大黑垃圾袋已經不見了，我仔細檢查地板，但一根頭髮也沒有發現，垃圾桶也是清空的，別說含有血液的衛生棉，連衛生紙也沒有。

不過地板上有燒焦的痕跡，可惜我不知道這有沒有辦法分辨新舊，如果姑姑住過這裡，或許會有一些東西需要燒毀，像是衣服那一類。

突然想到夢裡女子穿的肚兜和褲子，假使姑姑真的是在儀式中出事，也許她原本真的是那樣打扮，但為了避免被人發現，事後才被涂金隆換成普通洋裝，禹真說姑姑的屍體被發現時沒有穿內衣，要不是涂金隆那個歐吉桑忘了，不然就是幫屍體穿貼身衣物有困難。

如果是這樣的話，現場脫下的肚兜——大概是直接剪下來的——就有必要燒掉了。

另外還有與頭髮糾纏的紅線，也可以直接剪掉、燒毀，反正這半年姑姑都被關在這裡，也不會有其他人知道她現在的頭髮有多長。

想得越清楚，只是越覺得完全沒有證據遺漏，我不死心把房間走了一圈，衣櫃也打開查看，最後還是坐回床上。

靜止不動之後，來自下腹的某種渴望突然變得清晰，不妙的念頭也跟著升起。

當一個人雙手被反綁在背後，身上又穿著牛仔褲的時候，到底要怎麼尿尿啊？

我愣了幾分鐘，覺得尿意越來越鮮明，試著硬扯褲頭，但勒緊下腹反而更難受，只好放棄。今晚的儀式結束了不起十二點多，等到金隆伯收拾完再過來，最慢也是兩點吧？頂多剩下兩個小時了，忍一忍就過。

憋尿的時候最痛苦就是什麼也不做，所以我決定上樓查看後殿。

金爐中方才點燃的線香已經快要燒盡，供桌上除了牌位，仍然擺著紅線，知道紅線用途的現在，我有種脖子緊緊的錯覺，趕緊把視線撇開。

牆上法器還是缺了中央的鯊魚劍，我仔細觀察了兩旁的劍斧棍錘，但都沒有疑似血跡的汙漬。

牆角擺了一個木櫥，我用膝蓋推開綠紗網門，櫥子裡上格是滿滿一排經書，下格則掛了大紅色的肚兜和鵝黃褲子。

夢中的色彩又在腦海中鮮明，肚兜的顏色我能確定，但褲子呢？我在夢裡真的就是看到鵝黃色，還是因為現在的我看到鵝黃色，才誤以為回憶中也是相同的呢？

——是。

淺淺地，宛若嘆息的聲音，像某種節肢動物踩著詭異的節奏，爬上我的背脊，我渾身肌肉緊縮，隨即感覺小便的地方一陣刺痛。

她在後面，雖然我不知道是什麼，但我的所有感官都告訴我，她在後面。

——對啊。

她肯定我的心緒，好像我不需要對她開口。

「妳是……」我有多久沒講話了？舌頭與口腔的磨擦傳來苦味，又開始漲痛的下腹讓我分心。

——春……

春……宜春？謝宜春！

僵直的身體得到啟動信號，我沒有經過思考就猛然轉身，朱紅闖進我的視野。

——欸？

就在不到一隻手臂的距離外，少女顫了一下，匆忙撇頭，但隨即把她的淡眉細眼向我轉來，度量似地睨著我。

「姑姑？」我脫口叫，但事實上她不僅太過年輕，跋扈的神態也與姑姑的沉靜相去甚遠，唯有五官熟悉得讓人燃起痛苦的希望。

她無聲淺笑，近乎拗執地重複：「春。」

我不與她爭辯，直接問：「妳是我的幻覺嗎？」

她端詳我，黏膩的聲音輕語：「陪我。」

「回答我！」一邊怒喝，我卻一邊窺探她的眉宇，看她閃爍的瞳孔流轉期盼與冷漠，等待的緊繃騷動我蠢蠢欲動的尿意，我悄悄變換雙腳的重心，牽動幾乎讓我皺眉的刺痛。

「我……是春。」少女仍然重複。

好吧，也許她就只是春，沒有姓氏沒有父母沒有開始和結束，只存在我腦海中，冒用姑姑形貌的幻影。

而我現在的思考被鋒利的尿意切割得支離破碎，只能單純接受有個同齡——不，或許還比我小一些的少女在眼前的事實。

「妳要我陪，可是我不想留在這裡。」

春含笑的嘴沒有說話。

「我得回去高中，雖然沒有多喜歡上課，但我還想念大學，找工作養活自己，那裡還有科研社的朋友們，我也不想讓爸爸媽媽難過。」原本只是想說明天要上課，想不到一開口我就越講越多，原本平淡甚至乏味的生活在腦中鮮明起來，一時不只小便，連淚水都哽在眼眶中呼之欲出。

然而，眼前朱紅的少女嘻笑出聲：「你會留下來。」

「妳不就強佔在我腦子裡，在哪裡有差嗎？」各種煩躁與無力中，我又耐不住高聲，「籃球場也是，海邊也是，就算我回家了，妳還是會追來吧？」

春搖頭，不知道是說不會追來，還是說她並不只是在我腦中，我的焦躁已經快要到臨界點。

「搖頭就算了，從我眼前消失吧！」我絕決轉身，閉上眼睛，同時大聲唱起國歌，自從小學五年級後，我沒有一次朝會把國歌唱出口，現在沒有風琴伴奏，我根本不知道自己唱到哪裡，連歌詞都不太確定，但這些都無所謂，把她的聲音逐出我的腦海，是我唯一的目的。

輕觸搔過我的背脊。

我瞬間麻透全身，但面前就是牆角，只能扯開喉嚨，更加高聲唱歌，然而肚子一用力，下腹變得更加難受。

好想尿尿。

背後的接觸感越來越確實，像是逐漸被無底的泥濘擁抱，她的壓迫感大力擰擠我的五臟六腑，我夾著雙腿，突然對背向她感到後悔，但已經無法移動。

「這是，註定……」

我閉上眼睛，用所有意識對抗可悲的衝動，到底幾點了？不是早就在堆柴火？送肉粽還沒有結束嗎？姑姑受害的證據已經被燒掉了吧？涂金隆到底什麼時候才會回來？

嘎——

門軸旋轉伴隨光亮出現，我張開眼睛，看到牆上光與影的交界線。

「站在那做啥？」

與放鬆同時襲來的是幾乎要溢出的尿意與羞恥，我聽到老伯大步走近，猶豫要不要轉身，但涂金隆走得遠比我的思緒快，他只是輕輕扳過我的肩膀，就讓我用盡氣力。

「要吃東西嗎？」

一盒蘇打餅乾和一罐印著靈鷲宮圖樣的礦泉水被推到我垂下的眼前。

「不要。」我搖頭，聲音粗得可怕。

「放著當早餐，我早上不會再回來喔。」金隆伯半是惱怒半是不耐，逕自把包裝拆開。

「先放開我。」我稍微抬頭，

「嘿嘿！我知道一個老灰仔打不過你，別想。」金隆伯露出銀牙，讓笑容變得更加討厭。

「那我是要怎麼吃？」我瞪著他反問。

「用嘴。」金隆伯把拆開的餅乾湊上我嘴前，我緊閉嘴巴，別開臉，他也跟著移動餅乾，不能大動作跑走，臉也只有兩個方向可以轉，我受不了想開口反擊，馬上嗆了一嘴餅乾屑。

「咳——」非常不妙的刺痛應聲從下體傳來，我一時不知道要優先憋住咳嗽還是尿意。

「嘖。」金隆伯扭開寶特瓶，改成把水湊到我嘴邊，「別咳了，叫你吃就不吃。」

我這次死也不張嘴，喉嚨越來越癢，已經分不清楚現在最大的慾望是什麼，體內不明的衝動持續在膨脹。

「不知死活。」

寶特瓶在磨石子地發出悶聲，連同餅乾被留在地上，涂金隆轉身邁步，我看他的手搭上門把，慌忙大叫：「回……咳咳咳咳咳咳咳……咳咳……」

像被刺穿的痛與一滴絕望般的暖意，而頭也沒回的涂金隆幸好一無所知，門板「乒」一聲緊閉的同時，眼淚與我的絕望一起流下。

後殿中又只剩下長明燈的紅光，現在離早上有多久呢？早上又離那扇門下次打開，還有多久呢？我得在這裡多久？我得這樣子……多久？

訓乩

深紅之中，我定定看著頂上沉重的黑暗，雖然知道是供桌底下，但從來沒有看清過檀木的紋理。

這是第五次躺在神壇下，我不知道該換算成第幾天？金隆伯拿了一張草蓆鋪在這裡，說這是訓乩的傳統，有時候一個乩身出師前要躺上好幾年。

所有的窗格都糊上紅紙，所以後殿就算在白天裡也與黑夜難分，這也是一項傳統，乩身由「生童」轉變為「熟童」，要經過七七四十九天的坐禁，足不出禁房，連往地下室的門也被鎖上，只在後殿角落擺了水桶。

我身上換了坤水伯伯那種款式的白汗衫，差不多跟這村裡九成的中年男人一樣，下半身方便起見，暫且沒有給我換洗衣物。

往辦公室的門偶爾才會打開，除了放下礦泉水和饅頭、餅乾之外，涂金隆自己也會進來，對我講一些定海夫人的歷史掌故、一年中的各種儀式作法、法器的意義和功用。

鯊魚劍已經補上新的，涂金隆也在我面前比劃過，但我還沒有開始實際操演，因為我的雙手一直是被綁著的。

——睡不著嗎？

春甜膩的聲音在我耳邊響起，那次轉身之後，我再也沒有看到她，但她的聲音總是不分時機地響起，有時候就在涂金隆叨念著陳年舊事，或者寂靜在耳朵裡轟鳴得叫人發狂，她的聲音是流入乾渴喉嚨的糖水，即使越喝越渴，仍然寧可先在這個瞬間嚥下。

——手很瘦吧？

似乎感覺到什麼從身側溫柔地靠近，別問我一無所有的存在要怎麼溫柔？硬要講就是某種強行侵入我思緒的意念中包含了這樣的概念，讓我分不清究竟是偽裝或是本意。

——下一次，就說你不打算走了？

我從來沒有回話，但她總是能說下去，像老友聊天一般。

——在堅持什麼呢？

我想起自己的房間，有彈簧床、書桌、一整架從國三訂到現在的科學雜誌、可以名正言順關起來的房門……

——你不能離開我。

我不可能被關一輩子，既然關我在這裡為的是有人能牽亡，總是有讓我出去辦事的時候，遲早會讓我逮到機會逃跑。

——這是宿命，你從血中帶來的……

這是說我活該被關這在裡，連基本要怎麼生活的自由都沒有，要閉起耳朵不受干擾的自由也沒有，那個該死的血緣，犧牲家族、村里中的一人，好在暴風雨中保全自己，為了這些自私的親族，阿嬤不能跟自己的丈夫和孩子一起生活，姑姑不能飛向夢想的天空。

我閉上眼睛，不知道睽違多久的藍天又出現在眼前，鼻子卻酸了，少女姑姑在作文簿上的字句與同樣年紀的禹真談起未來的神情結合，禹真還有談論未來的權力，被犧牲的姑姑已經一無所有，正是因為我沒有什麼夢想，才對珍貴的夢想被這麼毫不在意地犧牲感到心痛。

——我們的未來註定是在這裡，阿春自己放棄了。

阿公和叔叔把她鎖在家門裡，讓她一無選擇之下，再半推半就地送來靈鸞宮，把這個未來硬塞給她，然後責怪她不願意接受。

如果說姑姑有機會接受治療，或許能控制幻聽或妄想的症狀，回到學校完成高中學業，進而完成夢想，就算沒辦法，只要能自力更生，就擁有在靈鸞宮終老以外無數的可能性，然而僵化的傳統把一切可能都消滅了，就算姑姑沒有意外身亡，也形同是把「謝宜春」這個人殺死，而且是從多年前開始。

——她們的結果很難過，但其他前輩都很受敬重、安享晚年，就像最近才過身的元雄。順著所謂的「宿命」就能偷生，反抗就會橫死嗎？多麼露骨的威脅！

——這是我們最好的歸宿，我們做什麼都會被尊重，家人不會憂心我們，鄰居不會害怕我們，因為我們是神明的使者，我們是庄頭的守護者。

我不需要當那種東西，只要自己活著，不受限制地活著。

——看病、吃藥，不知道會不會「好起來」……難道限制就少了嗎？

那是為了排除討人厭的干擾，像妳。

——嘻嘻。

如果春真的是我的幻聽，光是為了把她除掉，我說什麼都要找醫生治療，除掉這個自以為是、無孔不入、罔顧我個人意志的寄生者。

——想要擺脫宿命，你當初怎麼不這樣建議宜春？

我不知道啊！

——你為什麼不知道？

我才六歲就離開老家，只有過年才回來兩三天，而且最後一次回來的時候才國中一年級，要能發現姑姑的困難，實在是……

越想越覺得氣虛下去，一年兩三天的相處，在這七年間也有半個月以上，就算是小五、小六的孩子，真的什麼也看不出來嗎？那天早上跟宋瑞笙討論的線索，有一大半是過去的我早就知道的事，如果覺得有一絲奇怪，難道不會去尋個究竟嗎？非得要等事情無可挽回，才終於面對。

——你早就知道吧？

我知道嗎？

——看到了，但是寧可當作沒有看見。

不是……

——很好啊，神明欽點的人，你看到了又有什麼用？

「才不！」聲音宛如割裂喉嚨而出，我有多久沒講話了？吞下口水只感覺到刺痛，但涂金隆不在的時候，我沒辦法喝水。

——沒有用，吧？

我可以叫姑姑好好去看醫生，但且不論國小的我懂不懂這是需要看醫生的事，姑姑會聽小孩的話嗎？又或許姑姑自己也想去看醫生，但如果叔叔不想讓她去呢？如果叔叔只想把她鎖在家裡，沒辦法唸完高中的她，又能夠怎麼辦？

越是感覺自己什麼都做不到，越是覺得氣憤，有力量的人，為什麼可以這麼輕易地什麼也不做？甚至主動去犧牲別人？

有著姑姑面孔的春，卻同樣站在壓迫姑姑的立場，如果她是我的幻覺，我到底為什麼要這樣幻想？如果她不是——我只是說如果——她又是誰？

她一直堅持自己就是「春」，是我真的曾經遇見這麼一個像姑姑的人，留存在潛意識中，還是自己把這個幻想安上姑姑的形象？

腦中突然閃過一個畫面，我縮了一下脖子，那個夢裡的阿嬤除了年齡和氣質外都跟回憶中的姑姑很相像，姑姑桌上那張照片如果說是年輕時的阿嬤，確實也長得跟春差不多，但阿嬤也是曾經受到壓迫的人，應該不會是壓迫人的春，而且我為什麼要用姑姑的名字來叫阿嬤？

春？宜春？阿春？阿剩？蔡剩？蔡夫人？蔡剩？阿春？謝宜春？阿剩？春……

嘎——

我猛然睜開眼睛，透過桌圍紅綢感受到瞬間的亮光，旋即昏暗。

剛才我睡著了嗎？完全沒有睡過一覺的實感，就算是知道涂金隆又來了，也不知道這意味著多久的時間。

「又在睡嗎？」

我扭動身體從供桌下鑽出來，腦袋昏昏脹脹的，而且有點反胃，不過反正等下要吃也只是蘇打餅乾，最好消化的食物。

金隆伯沒有在神壇前，而是站在牆邊，他在我鑽出來時轉身，手中拿著七星劍。

「皮繃緊點，我們快來不及了！」他走回神壇前，盯著正掙扎站起來的我。

來不及什麼？

「這裡。」涂金隆用下巴示意供桌前的蒲團。

我愣了一下，然後就聽他大聲：「還不快跪下！」

我不照做也不知道該做什麼，於是先順著他，在蒲團跪下。

涂金隆拿麻繩捆住我的腳踝，才把我背在後面的雙手放過，然後他燃起香，檀香的氣味在密閉空間中，讓我原來就昏沉的頭更不好受，這段時間涂金隆已經進來燒過三、四次香，但這是第一次叫我跪著。他把三炷香塞進我手中，雖然我沒有要拜的意思，但為了避免燒到自己或其他東西，也只能把香舉在胸前。

「跟我唸。」涂金隆低聲說，然後轉身就對著壇上神主喃喃祭拜。

「敬告定海夫人與蔡家列位祖先……」

我愣著，涂金隆斜眼瞪我，我才含糊地跟上：「敬告定海夫人與蔡家列位祖先……」

「弟子涂金隆——要說你自己——在此奉告……」

不是沒想過要作對，但作對又如何？所以我還是跟著唸：「弟子謝志錚在此奉告……」

「第八代靈鸞使者謝志錚自今日開始操練法器、恭迎夫人……」

「欸？」昏沉中，我突然意識到自己在什麼樣的境地，他真的要讓我……那個該怎麼說……起……乩？

「唸啊！」涂金隆仍舊低頭神壇前，但狠聲斥喝。

我就算跟著拜了，也不會起乩，說到底不信的人，哪可能靈驗？

「謝志錚！」

下一步就要又把我摔到地上嗎？我心中湧上自虐的快意，儘管打吧！再怎麼打，我都不會是你們要的人。

「你以為說自己是來這做啥？」涂金隆猛然轉身，揪起我的領口咆哮，「還不快唸！」

汗衫彈性很好，我其實沒有被拉動，但我沒有回話，只是微笑，發自內心地微笑。

「幹！」涂金隆陡然鬆手，領口鬆緊帶彈上我胸前。

涂金隆自己拿燒了大半截的香又往神主前拜兩下，喃喃碎唸了什麼，轉身就把手上一把香往我背上招呼，我背脊反射一縮，但還是著實被噴上火星，而那把香隨即又往我胸前掃，這次是結結實實被燙上。

「啊唷！」

涂金隆是鐵了心不理會我，用線香在我背後和胸前各打了三次，又轉向神壇，這次雙手端起供在桌上的七星劍，銀亮的劍身在昏紅的燈火中反耀格格不入的冷光，劍鋒在我面前高高揚起，我突然意會到自己實在太天真了！

刃鋒劃下額頭，比起痛，我更先感受到麻與流下鼻樑的熱液，然後尖銳的痛才由額心擴散，染上鮮血的劍尖在我面前高舉，然後向著左首一刺，彷彿淩空畫符。

「拜請東營青旗張將軍，九萬九千九夷軍，神兵火急如律令……」老人的聲音又急又平，我依稀認出他曾說過，座落五方供祀神調遣的五營神兵。

向東側咒唸完，染血的劍尖在我的額頭上劃出另一道反向的刻痕，接著轉往門口方向。

「拜請南營紅旗蕭將軍，八萬八千八蠻軍，神兵火急如律令……」血色與寒光在半空飛舞，血光驅邪，也是向神明示誠，不見血，不成事。

有了前兩次經驗，我在七星劍回勾時閃躲，失準的刃尖險些削下我的耳朵，涂金隆忙著做法還不忘瞪來一眼，挺劍淺淺劃過眉上，又匆匆往右首。

「拜請西營白旗劉將軍，六萬六千六戎軍，神兵火急如律令……」劍鋒舞動的光芒在昏暗後殿中畫出殘影，不知道是因為眼花還流血，我暈得越來越厲害。

鮮血汩汩流進眼窩，被刺激的眼睛又脹又酸，我伸手去揉眼睛，然而劍鋒又回來了，反射用手去擋，掌心一陣吃痛。

「拜請北營黑旗連將軍，五萬五千五狄軍，神兵火急如律令……」涂金隆急促的聲音在我腦中嗡嗡作響，傷口跟著一陣一陣痛。

臉上黏膩的血漬越來越多，我用完好的左手去擦，但只糊得到處都是，額頭的傷口被牽動，刺痛更加尖銳，彷彿有什麼異物要衝出我的腦殼，但被七星劍的寒鋒制住，在我的身體邊界戰得如火如荼。

「拜請中營黃旗李將軍，三萬三千三秦軍，神兵火急如律令！」

七星劍朝天舞畢，直轉而下，劍尖在鼻頭前急煞，艷紅的鮮血淌過刃鋒，滴落人中。

模糊旋轉的視野內只見一張晃動的黃符，然後熊熊燃燒，紅光轉瞬灰滅瓷碗中，符水噴上眼鼻，我用力閉上昏花刺痛的雙眼，但已經來不及阻止眩暈接管我的身體。

砰——

全身好痛又好冰，我想自己倒在地上，但沒有一點實感，只有暈、暈……

「來者何方神聖？」低沉的嚇問衝入眩暈。

哪……暈……有……暈……什……暈……麼……暈……神……暈……或……

「妾身本姓蔡……」

是……暈……誰……暈……的……暈……聲……

「鹿港北濱下庄人……」

不……暈……是……

「在世離緣李家，往生魂歸無處，因逢暴風捨身，遂為境神享祀……」

不是……不是不是不是不是不是不是不是不是不是不是……暈……不是不……暈……不是……暈……不……暈……是……

「名號定海夫人……」

不……暈……是……暈……我……暈……是……

「閨名單字春。」

啊？

我看到她，只看到她，看她噙著微笑，笑我遲來的了然。

妳……為什麼？

我失去自己說話的能力，但對她又何須說話？

——我為止息暴風投海，難道不值得你的一炷香？

不是，我是說，妳難道不希望好好活著，看著姪兒長大、成家，而不是把他收作傳旨的乩身。

——不過就是一輩子侍奉我，難道比在風雨中乘著破船出海，在冰冷的鹹水中沉沒，還來得辛苦嗎？

不是，就是因為妳經歷遠遠比我們都還痛苦的犧牲，我才想妳會是最明白我們失去什麼的人啊！

——這是定數，阿剩、宜春、你或我……

才沒有什麼定數！

這一個瞬間，春怔怔望著我，像是阿嬤那樣絕望，像是姑姑那樣淒楚，也像是——是誰——那樣恐懼？

「謝志錚！」

眼前突然出現碩大的黑影，我一會兒才意識到是涂金隆背對著長明燈，傾身檢視我的狀況。

「你現在是謝志錚了吧？」他的聲音從來沒有這樣輕過，一手半舉在胸前，彷彿猶豫著要不要拉我一把。

我遲疑，但點頭，一邊注意到自己滿身大汗，明明躺在磨石子地上，卻不覺得冰涼，想要坐起身，但半途一軟，又重重落地，涂金隆趕緊扶住我一邊的腋下，把我撐起來，靠在神壇桌腳。

「剛才夫人自報家門之後什麼也不說，問什麼事都不應，你卻還沒退乩，我還以為夫人退駕之後你又被什麼孤魂野鬼入身，好家在沒事，你果然是夫人欽定的乩身！」

涂金隆說得起勁，我一句話也無力反駁，剛剛我到底是發生了什麼？這輩子還沒有這麼累過，全身每一條肌肉都像是被使勁扭過的毛巾，連呼吸都用得盡全力。

涂金隆說了「退乩」，要退的話就得先……

不只是身體，連腦袋都亂糟糟的，會倒在地上，會以為自己看到了春，一定是這薰滿後殿的檀香和吃不飽、睡不好的情況造成的吧？

「你很累吧？都是這樣的，尤其是頭幾次還不會控制要出幾分神，慢慢就會在神明上身的時候還知道一點人。」涂金隆的口氣幾乎像是和藹的鄰居伯伯了，他把我腳上勒出鮮紅的麻繩解開，我總算擺脫這段時間以來的束縛，卻還是一動也不能動。

「來吧，先休息了。」涂金隆把我攙起，半拖半推塞進供桌底下，然後拉好桌圍，「餅和茶幫你放在牆邊了，等下起來再自己吃。」

我應不了聲，像是小時候玩到睜不開眼睛的時候，被蓋上被子，然後聽大人關門離去。閉上眼是一片微紅，安靜得耳朵裡嗡嗡叫，我累得一個字也沒能想，當下就失去意識。

搖啊搖，搖啊搖——

陰溼滲入薄衫，蜿蜒過肌膚表面，頑強地鑽進身體著地的觸點，淌作一汪冰涼。

耳邊綿綿密密的水聲，波波潮湧伴著晃動一上一下，各種感官逐漸清晰時，我睜開眼睛。

那是一片落著大雨的天空。

雙腕與雙踝的箝制突破周身潮溼，成為第二強烈的觸覺，稍微一動就感受到麻繩的粗糙。

我發現自己被綁在一艘木板船上載浮載沉，但船似乎還被繫在碼頭，好幾波大浪把我推離岸邊，又重重打回來。

暴雨中隱約有人聲，或許是在岸上，他們在說些什麼呢？為什麼要在風雨中來到港邊？海水濃重的腥味中，飄來一縷沉香，是我如今熟悉也不過的線香，但是在祭拜什麼？廟不就在海邊而已，為什麼要跑來這裡？

「天公伯啊！」岸上一個清朗的女聲，力道穿過暴雨，直達天聽，「祢怎會忍心讓全庄的查甫人都枉死海底？哪會當在半日內起風颱？全庄的船都抹赴歸航。」

這話……不就是坤水伯伯說的故事嗎？是歷史再度重演，還是……我又夢到了什麼？

「討海人靠海吃海，看天吃飯，祢給咱的，欲收回嘛沒辦法，但是讓全庄的查某人沒夫婿、囝仔人沒阿爸，祢甘抹太狠？」

所有的船都出海了，這艘船怎麼還繫在岸邊？

我努力回想著彷彿幾輩子前聽到的故事，終於想通這就是故事裡定海夫人所乘的破船，那麼岸上那個聲音就是定海夫人……就是春嗎？

很奇怪，覺得有哪裡不對勁，那絕對不會是春，我知道自己對這件事十分確定。

春……應該要在這艘船上。

然而光是把我大字綁著就用光這木板船的甲板，再來一個人連站都不好站，但我不是真很在意這個矛盾，因為我已經隱約理解目前是什麼樣的狀況。

「祢若要人命，這個不女、不妻、不母的查某人就給祢吧！請祢讓全庄的老爸、夫婿、後生歸航！」

一陣浪頭把小船打高，順著浪頭退去，小船開始漂行，失去了繫繩，船板隨著海面翻傾，時不時接近直立，又重重落下。

雨水與海水在木板船中越積越高，我的牙關在冰寒的腥水中格格作響，泡水的麻繩絲毫不見鬆弛，我也沒有抱什麼希望，倒數著積水的高度，只祈禱溺死不要比勒死或吊死還要漫長。

這是春死去的夢。

回來老家的第一晚，我就夢到阿嬤差點掐死姑姑的場景，之後是姑姑枉死在靈鸞宮，兩次都身在將死的位置，這一次換作春死去的夢，也是很自然的事。

冰冷的海水漫過胸口、凍住心臟，寒意隨著血流擴散，然後淹過我緊閉的嘴巴，刺激的死鹹還是鑽進唇隙，下一個呼吸，便滲入鼻腔……

哈啾！

反射逼出肺中僅存的空氣，接著就只能掙扎閉氣的時間，鹹水刺痛眼睛的縫隙，越來越分不出是繼續憋氣還是棄守肺泡比較輕鬆。

咳咳咳咳咳咳……咳咳……咳……

再度睜開眼睛，我深深吸一口氣。

眼前是帶昏紅的黑暗，這時竟有種熟悉的安心感，被剝下外衣擱在這裡的我，原來至少還有呼吸是自己的。

剛剛的夢裡，被麻繩捆住四肢，一聲令下漂入暴雨中的大海，回想起來就一陣惡寒，這哪裡是為鄉里獻身的神？我看到的明明就只有被犧牲的孑然一人。

這就是春真實的經歷嗎？

嚶……

隱約漂盪在不遠處的聲音，我很確信自己聽到什麼，側身掀開桌圍一角，長明燈黯淡的紅光中，她蜷抱著雙膝，背向神壇。

「春。」

我叫出她的名字，似乎這是第一次。

她動也不動，連呼吸都沒有的死寂，但我知道她在那裡，一直都在。

「春，他們叫妳定海夫人吧？」

很慢地，垂在耳後的髮髻上下移動，這是點頭的姿勢。

「但我怎麼問妳，妳都不說出定海夫人這個我已經知道的身分。」我吞下口水，「因為妳其實就只是春，對吧？」

她沒有再點頭，但也沒有搖頭。

「別說那個強人所難的封號，就連蔡氏或李氏，也通通不能定義妳的存在，妳只是妳自己……」我猶豫沒很久，便補上，「……跟我們都一樣。」

一如預期的無反應，但或許是已經說出口了，接下來的話我就不再遲疑。

「她們只是欺負妳沒有親近的家人，哪來什麼定數？有的只是犧牲別人來保全自己的自私，自妳之後的六代子孫，我所知道的蔡元雄、蔡剩、謝宜春……都是全下庄人的祭品，他們也許不明白自己失去什麼，也許放棄爭取，也許無力爭取，但我知道我要的只是自由選擇生活方式的權利。」

一口氣說完這些，我喘著氣，可能激動更甚於疲憊，還有一點……不安。

「選擇什麼呢？」甜膩的聲音幽幽傳來。

「選擇生活方式。」我再一次說，「像是宜春姑姑，她本來想要當飛行員，妳知道嗎？還有我阿嬤蔡剩，她原本在家好好當個主婦，她們被帶來這裡，沒有人管她們的意願，但這是不應該的，並不是說在這裡侍奉妳就比較差，譬如大舅公或許就過得不錯，可是人應該要有選擇的權利。」

「你們是被我選上的。」春緩緩回過身，細小的狐狸眼彎作淺笑，我突然發現她很靠近，她正向我俯身，彷彿索吻之前，但沒有氣息撲上面頰，取而代之的是一陣寒顫。

「只有我能夠選擇你……」她的擁抱透入骨髓肌理，像是手指伸入布袋戲偶，從內在撐起我，沒有反抗的空間。

「我選了你……」她在我的裡面輕聲說，「一直……都會跟你在一起，不管你做什麼、在哪裡，至死……你都是我的……」

反胃。

眼前天旋地轉，所有的精力被聚集在阻止翻騰的胃，身上一陣熱一陣寒，我不太確定春最後還有沒有說什麼，但從骨子裡明瞭她在宣告對我的主宰。

就算從這裡出去……

禁忌的想法在成形前打住。

「嘻嘻！」但她笑得清脆，「……我還是永遠和你……」

噁——

酸水一湧而出，洩盡我的氣力，吐不出的只有絕望，就連怨恨春的念頭都提不起來，尤其是在兩百年前那個颱風天「死」過之後。

我的身體還記得那份不屬於我的絕望，海水的冰冷和痲繩的粗糙，還有隨浪顛沛的失重感，足以淹滅所有的憤怒。

對春來說，一切早就無可挽回吧？

冰冷的碰觸滑過我的嘴唇，在嘴角流連，似乎要為我擦去殘留的酸液，卻徒勞無功。我偏頭側眼看到春探向我的臉，霎時心底一驚，與姑姑一模一樣的五官、甚至還是與回憶中相仿的年紀，這時活生生瞧著我。

「姑……」我硬生生打住明知不合時宜的話，但止不住奪眶的淚水。

「這麼難受嗎？」她說得極輕，細小的雙眼中飽含的不安卻是無庸置疑。

我想說話，但才吸氣，氣息便開始顫抖。

「你也是，宜春也是，阿剩也是，元雄那時還吐了好幾個月，只是陪我……這麼難受？」

她怔怔望著我，在我模糊的眼眶中纖細而晶亮，我用力抹去不及落下的淚水，一把抓來她的手臂。

「欸？」她睜大鮮明的眼睛，粉橘色的唇隙微開。

「妳說過會一直跟我在一起吧？」

「啊，我……」

她的模樣慌亂，但我等不及讓她好好回答。

「這樣好，永遠跟我在一起吧！」我把她拉進懷中，冰冷的顫慄欺來，但這次沒有那麼反胃，或許是因為我主動的緣故？

「我去學校，妳就跟我去學校；我去社團，妳就跟我去社團；我去旅行，妳就跟我去旅行；我要讓妳看盡沒有看過的人生，體驗來不及品嘗的悲歡喜怒，痛痛快快再活一回！」

一邊說，我又一邊開始哽咽，可以的話，姑姑也好，阿嬤也好，大舅公還是兩百年來哪一個祖先都好，我希望祂們都有好好活過，不管多少年，自由地活過。

顫慄穿透我的身體，只留下背脊一陣悚然。

「不可能的。」她甜膩的聲音化作悠遠的低語，「帶著我，你終究只有回到這裡。」

後殿中安靜了，只剩下春夜自然的寒冷，然而我也不太確定現在是不是夜晚。

剛剛吐的時候弄髒的地面，我暫時拿櫃子裡的舊衣服蓋著，還好沒有沾到草蓆，我把草蓆拖出供桌下，擺在靠法器的那面牆邊。等涂金隆下次回來，應該會唸說要睡在神壇下才算坐禁吧？但反正我是不在乎。

還是很累，睡過一陣子後，痠痛反而都跑出來，躺下去卻又遲遲睡不著。雖然對春誇下口，我對於要怎麼逃出去還是沒有想法，爸爸媽媽應該已經報警了，警察如果問到禹真，有可能來廟裡找我嗎？還是會被涂金隆搓掉呢？

不對，就連警察會不會問到禹真都難說，跟何家瑋借車的時候，我也沒有提到要去找禹真的事，為了怕被人發現我要去堵「送肉粽」，何家瑋的腳踏車也被我刻意停遠，現在反倒讓自己陷入困境。

算了，還是不要再想下去，不能控制的事情，再怎麼想都沒有用，不如來想想……唉，哪有什麼可以想呢？

砰——

鏗——砰——

是什麼撞擊的聲音？

聽起來有點遙遠，應該是在外面，在寂靜的後殿中聽來異常清晰。

「喝啊……」

隱約還有人聲，大概是男人在爭吵，但完全聽不到有什麼關鍵字。

乒——乒、——梆——

外面聽起來越演越烈，難不成是在械鬥吧？會是當初我在海邊遇上的那群流氓少年嗎？感覺他們很聽涂金隆的話，應該不會在廟口鬧事吧？要說附近的人家在吵架，這聽起來已經是家暴了。

鏗啷——

開門的聲音，而且是地下室的門，我立刻坐起身，涂金隆從來沒有從地下室進來過，他都走辦公室那扇門。

一道光沿樓梯而上，冒出來的人影是綁小馬尾的嬌小少女。

「ㄩ……」

「噓——」禹真在嘴唇上比出食指，拿著充當手電筒的手機，向我快步走來。

我腦中的驚訝大於興奮，急急用氣音問：「妳怎麼會知……」

「啊！」禹真倒抽一口氣，停下腳步。

「怎麼了？」縈繞心底的不安感越來越重，我貼著牆面慢慢站起來。

「你真的……來當定海夫人的乩身嗎？」

我突然領悟她的反應是因為看到我身上還沒換下的裝扮，當下心底一涼，淡淡回答：「這說來話長，總之我不是自願在這裡的。」

禹真一咬唇，突然牽起我的手，細聲但確實地說：「我們走吧，不知道家瑋哥還能在外面拖多久。」

「何家瑋？」

「嗯。」禹真點頭，轉身開始往樓梯走，「我怕金隆伯在辦公室會聽到裡面的聲音，所以家瑋哥帶他的朋友到廟口假裝打架，確定金隆伯出去處理，我才進來。」

「妳們怎麼知道我在這裡？」我跟著禹真走下樓梯。

「你的同學，瑞笙姊姊聯絡我。」

聽到完全出乎意料的名字，我連忙問：「她怎麼會有妳聯絡方式？」

「從你的網路帳號連結幾個親戚之後找到我。」走進地下室之後，禹真的聲音已經沒那麼戰戰兢兢，「她說你們約好星期天下午見面，但卻被放鴿子，之後也沒去上學，她想到你跟她討論過姑姑和靈鸞宮的事，也有提到我的名字，才決定問我。」

原來是因為瑞笙，禹真才知道我的狀況不對勁。

「我聽了很緊張，告訴她最後一次見到你的情形，她猜你是去看送肉粽了，我超擔心你會因為偷看發生什麼事情，但如果真的有人偷看送肉粽，應該會傳得全村都知道才對，後來我找家瑋哥討論，他說你從那天來靈鸞宮之後，就有點……怪怪的。」

「自言自語嗎？」我想起那一晚何家瑋叫住我後問的問題，看來他確實沒有完全相信我的答案。

「嗯……我聽他的描述，越來越覺得你會不會就是這一代的傳人？所以裝作不經意問媽媽一直沒有乩身怎麼辦，結果媽媽叫我不用擔心這種事，我怎麼都放不下心，才決定進來後殿看看。」

「這樣子啊……」我回想禹真剛才看到我的眼神，「瑞笙猜的沒錯，我是去攔截證物，但失敗了，然後被關在這裡，是因為……」

我還是說不出那幾個字，然而眼前的禹真在踏上鐵梯前突然停下腳步，轉身仰望我。

「我會進來這裡就是已經決定了，雖然我還是覺得當定海夫人的使者是一件好事，但如果你不願意的話，我也會努力保護你。」

我愣看著禹真因為激動鼓起的臉頰，被表妹保護這種事，我從來都沒想過，但聽她如此認真，還違抗涂金隆和坤水伯伯的話，不惜請何家瑋假鬧事，也要進來看一看，心中便熱起來。

「謝謝……」我喃喃說，「謝謝……真的……不用這樣……但是……謝……」

禹真露出笑容，輕快地回答：「不用啦，我知道換成是你也會幫我的。」

她轉身踏上鐵梯，然而才登上一步，梯頂的門突然開了，禹真立刻後退，徒勞地張開雙臂，護著背後的我。

炫白的日光讓我一時失明，隱約見到門口立著一個精壯的男人。

「禹真？妳怎麼又來這？」男人明顯不悅的聲音，馬上讓我認出是坤水伯伯。

「阿舅……」禹真縮起肩膀囁嚅，但隨即吸飽氣又說，「我是來救志錚哥哥的！」

坤水伯伯走下鐵梯，視線越過禹真盯著我，一臉凝重。

「志錚，你又是為什麼會在這裡？」

聽到坤水伯伯慎重的語氣，我心定了一些，至少他沒有劈頭就罵，是認真要聽我們解釋，於是我照實說：「這該算是綁架嗎？一群跟我差不多年紀，甚至還有些比我小的年輕人，把我架來這裡給金隆伯，要我當這裡的乩身。」

「阿舅，這應該是搞錯了，志錚哥哥也不住在這裡，定海夫人怎麼會選他？」

坤水伯伯舉起一隻手，制止禹真慌亂的話，繼續對我說：「志錚，這是很嚴重的事情，不管夫人選的是不是你，應該有比把人綁起來更好的做法，我再問一次，你是被強迫帶過來的嗎？」

「嗯。」我毫不猶豫地點頭。

「對啊，舅舅，這樣綁架人絕對是不對的！」禹真放下心後，語氣高昂起來。

「禹真，妳趕快回去找妳媽媽，叫她通知重禧阿舅，志錚和金隆兄這邊讓我來處理。」也許是當慣了船東，坤水伯伯的聲音帶著不由分說的魄力，這一聲令下，禹真立刻三階併作兩階跑上鐵梯，消失在靈鸞宮外。

後門帶上，白日晝光又離開地下室，坤水伯伯回頭對我說：「走吧，我們回後殿去。」

「回後殿？」我不解地望向坤水伯伯，他停下腳步。

「我們去跟涂金隆說清楚。」

從一開始我就跟涂金隆講得夠明白了，我一點都不打算在這裡當什麼乩身，但坤水伯伯堅定的態度，又讓我不禁想相信，如果他出面的話，涂金隆搞不好一句話也不會多說。

我們爬上樓梯，進入暗紅籠罩的後殿，聞到空氣中揮之不去的檀香就讓我豎起寒毛，腳步也躊躇起來，坤水伯伯在樓梯盡頭轉身，等我也爬上來，才囑咐：「你在這裡等著，我去前面叫金隆兄。」

通往辦公室的門被坤水伯伯開了又關，然後發出喀喀兩聲……欸？那是……上鎖的聲音？繃緊的毛囊剎那泌出冷汗，坤水伯伯為什麼要鎖那道門？難不成……

我轉身跑下樓梯，在黑暗中穿過地下室，鏗啷鏗啷跑上搖搖晃晃的鐵梯，身手一轉往外的門把，果然也是鎖著的。

我站在梯頂，腦中一片空白，以為奪回的自由像夢醒一般，我動也不想動，不知道該怎麼動。

啪——

隔間的另一邊亮了，兩道參差的腳步聲越來越接近，涂金隆首先探出隔間，坤水伯伯緊接著走出來。

「你跑來這裡做啥？」涂金隆聽起來一派輕鬆，「下來吧，坐禁就要在後殿，這裡不准算。」

我下意識退後，背緊貼著門，顫聲問：「坤水伯伯，你跟他說了嗎？」

「說什麼？」坤水伯伯緩緩走向鐵梯底，聲音與姿態一般平和。

「你不是要跟金隆伯說，我要走了？」

「是啊。」坤水伯伯不慌不忙地點頭，亮出手中的麻繩，「所以我才跟他作伙來留下你。」

我在鐵梯頂端望著底下的涂金隆和坤水伯伯，如果是跟金隆伯一對一，我覺得自己還頗有勝算，畢竟他有些年紀，看起來也不是多結實的人，但再加上一個單挑都不見得能取勝的坤水伯伯，我還是不要肖想能以一敵二。

「下來吧。」坤水伯伯溫言道，「我不想要強逼你。」

——下去吧。

熟悉的聲音在我耳邊柔聲細語，我也不理會，向坤水伯伯直言：「你不是說，有比把人綁起來更好的做法嗎？」

「確實。」坤水伯伯點頭，「所以你要怎麼選擇？自己走回去，還是讓我們綁回去？」

「這不就是強逼嗎？」我酸笑。

坤水伯伯搖頭：「還是不相同，你現在聽我的話留下來，遲早你會明白這才是你真正的歸所。」

我也搖頭：「你真的這樣相信的話，就讓我走吧，反正我遲早會自己回來，不是嗎？」

「別厚話！快下來就是！」涂金隆終於按耐不住，「你想要跑也沒路用，前後門都鎖起來，這裡就咱三個人。」

「禹真已經回去找人，我叔叔、嬸嬸很快就會知道我在這裡。」

坤水伯伯嘴角一抽，淡淡反問：「志錚，你真認為芳錦會通知重禧嗎？」

「你……說什麼？」我已經沒辦法再後退，鐵門的冰冷直透背心。

「雖然說我們沒跟別人講你在這裡，聽到禹真說，芳錦也會明白我們的意思，在這個情形下，任何一個下庄人都不會讓你這樣跑掉。」坤水伯伯慢條斯理地說明，「況且，芳錦原本就知道我在懷疑你。」

「原本？」

「是啊，那天你來廟裡，我看你好像聽到什麼，不過沒有其他聲音，加上年紀又差不多，只是當時沒時機詳細問，聽說你要去芳錦家，才託她看一下。」

對了，那時剛到芳錦姑姑家，禹真接到一通電話，就說是舅舅打來的。

「不過芳錦託彗璃去問，也沒多問出什麼，你又急著回去北部，本來想說沒望了……」

「……想不到你自己跑來給我們陣頭的少年仔遇到。」涂金隆接話，「坤水兄收到他們的訊息才叫我提早回來處理你的事。」

可惡，所以大仔不是指廟公，而是指船東嗎？這麼一來，其實坤水伯伯才是主謀囉？原本禹真尚且願意不顧對定海夫人的信仰來找我，但現在她自己的舅舅是主使者、媽媽是幫兇，怎麼可能會有人寧可選擇多年後才重逢的表哥？

「我叔叔、嬸嬸不可能永遠不知道我在這裡。」我重新反駁，「你們綁架我，不就是為了廟裡的儀式？這種公眾活動不可能隱瞞多久，他們哪一天聽說我在這裡，不可能放過你們。」

「別忘記，我也是你的阿伯啊！」坤水伯伯苦笑，「比起在現代社會給人當作是神經病，不如當神明的使者好吧？難道我不是在為你打算？當初送宜春過來的重禧和長賀，當然也會同意。」

爸爸？送姑姑過來？

「這樣差不多都瞭解了吧？」坤水伯伯沉聲說，「可以下來了嗎？我一直不想把你綁著，你聽我的，好好地修行，坐禁結束就把地下室打掃好給你住，想吃什麼就跟芳錦姑姑說，修行和辦事以外的時間隨你自由，後門的鑰匙也打一把給你，你若是缺什麼，看是要給你零用錢自己買，還是我幫你買來都好……啊，也在這邊裝一下網路好了，你們年輕人一定需要，對吧？」

——不留下來嗎？

只在我耳邊的聲音甜膩低語，坤水伯伯口中的乩童，根本就是一份包吃包住包開銷的工作，說不定我以後能找到的工作也負擔不了這麼自在的生活吧？

「不要。」我果斷回答，因為自由不應該是在答應條件的前提下才能獲得的東西，有前提的自由並不是自由，儘管我還不知道自己夢想著什麼，我想要保有追逐的權利。

「仙屎毋食……」涂金隆喃喃咒罵。

坤水伯伯擰起眉頭，踏上鐵梯，踩一步、震動一步，來到我跟前，他的個子本來就不比我高，現在又站得矮我一階，但嚴厲的視線不見退卻，反倒是我低下頭。

「最後一遍，你是要聽話否？」

我一咬牙，彎身往坤水伯伯與牆壁之間鑽過去，全力衝下鐵梯，打算把涂金隆也撞開，但還沒到底，後領就被一揪，狹窄的階梯不好掙扎，往後肘擊只擦過坤水伯伯臀部的硬骨頭，涂金隆這時也已經反應過來，上前攔腰擒住我。

三人在樓梯上僵持成一團，作勢扭扭扯扯，卻沒有人真敢出力，深怕一個不穩就一起滾下去。

——你真的想出去……

春？

略帶鼻音的顫聲侵據我的心思，不知不覺間，我愣在原地，然後被坤水伯伯和涂金隆半架著下樓梯。

——真的不能……陪我？

我答應過，要帶妳出去，只要妳願意，到哪裡都不離開妳。

——就算出去一世災厄病痛，你也不願在此為我降駕傳旨？

妳就願意為一代又一代要求妳奉獻的人留在這理嗎？

一時無聲，我已經被架回後殿，被坤水伯伯壓在蒲團上，涂金隆燃起線香，裊裊白煙讓人越來越昏。

——那麼，放手。

咦？

——拜託，給我，一下就好。

給妳什麼？

恍惚間，眼前的深紅越來越模糊，紙封的密殿內香薰迫人，腦子深處隱隱作痛。

——給我，你的身體。

有個剎那，我見到她堅定的面容，然後刺骨凜寒沁入周身百脈，我頓時失去對身體的感覺，微暈，但不眩，任由自己的雙腿大步跨出。

涂金隆的驚叫和坤水伯伯的怒喝都好遙遠，唯一不斷接近的是那面牆——高懸乩童五寶的牆，而我的瞳孔中心是那把劍，乳白色、嶄新的鯊魚劍。

劍柄鑽入我的手心，在我回身之際，劍刃渾然不覺地劃出一道半圓，阻擋坤水伯伯的來勢，臂膀隨即在我的意識之外高舉，彷若積年累月的揮舞烙印在骨肉，自然而然劈下這一劍。

朱霧瀰散，兩對銅鈴在逃竄，然而痲震的虎口沒有鬆開，緊緊抓住唯一能留在這個世界的憑依，一下、兩下、三下、四下、五下、六下、七下、八下、九下、十下、十一下、十二下、十三下、十四下、十五下、十六下、十七下、十八下、十九下、廿下、廿一下、廿二下、廿三下、廿四下；廿五下、廿六下、廿七下、廿八下、廿九下、卅下、卅一下、卅二下、卅三……

寒顫。

排山倒海的痠痛突然湧回我的身體，劍柄落出震痲的掌心，檀香與腥甜交纏，腦袋發燒般嗡嗡作痛，但視野異常地清晰。

地上有兩個軀體，一見就令人反胃，我等了一會兒，見他們動也不動，勉強自己翻找出鑰匙，然後就跨越他們。

打開後門，流金色的光劈面照來，我踏出兩步，深吸一口氣。

啊，是自由。

春遠遠站在巷子底，深蹙著細眉，亮橙色的薄唇微啟。

來吧，我答應妳的，我們要一起去上學、一起去社團、一起去旅行……我們回家去，一起走。

轉身走出窄巷，迎向朱霞染紅的半天，隨著我大步邁前，剝蚵的阿嬤抬頭，廟埕前的孩子們停下玩鬧嬉戲，對面商店的老闆和客人都轉身、機車騎士減速與我擦身……

——志錚……

我向虛空的身後拉住她，雖然沒有溫度，我知道她在這裡。

「春，永遠在一起吧！」

我們穿過下庄稀稀落落的人群、窸窸窣窣的耳語，向著日頭落海的西方，來到我們第一次相遇的濱海。

海色被夕陽照得像火燒，好似那一夜熊熊的焰光，送走阿嬤、也送走姑姑，兩百多年來只留下春徘徊塵世，一代又一代尋覓棲處。

遠遠響起奔跑的腳步、聽不清的呼喲、逐步拔尖的鳴笛，我沒有轉身，一心一意望著海的盡頭。

——帶著我，你永遠……

「永遠……」我喃喃複述，彷彿許諾。

——嗯。

春完了的語氣，已然承諾，於是我開敞雙臂，擁她入懷。

一定，要讓妳看到最廣大的天空……對，我們一起。

未啟之籠

鏗——

銅磬一響，鑼鈸、嗩吶跟著哄哄鬧鬧起來，又進入下一輪誦經，禹真稍稍挪動跪麻的雙腿，偏頭偷看跪在左手邊的媽媽，媽媽低著頭，專注地唸唸有詞，這幾天擤紅的鼻頭即使被垂落的髮絲遮蓋，仍然顯眼。

禹真很擔心媽媽是不是永遠不會變回原來的樣子？這六天以來，她沒有見媽媽笑過，媽媽每天都待在阿舅家前面的棚子，睡覺前才回來，幾乎整個下庄的人這幾天陸陸續續來上香，單憑阿妗和兩個表哥忙不過來，禹真自己放學後也常過去幫忙跑腿，補充一些涼水、零食。

晚上的時候，她常聽見爸媽在臥房講話，聲量不足以讓她知道在談什麼，但她確定媽媽在哭，禹真這十六年來，第一次聽媽媽哭。

到現在她還是覺得沒有真實感，那天禹真離開靈鸞宮的地下室，立刻跳上腳踏車，拚命踩回家，她急著想告訴媽媽，她找到志錚哥哥了！志錚哥哥可以回家，或者，他如果願意留在這裡更好。

媽媽聽到禹真的話，臉色很嚴肅，叫她好好待在家裡，自己匆匆過去靈鸞宮，禹真滿心期待志錚哥哥被媽媽帶回來，但媽媽遲遲沒有回來，直到天色轉黑，打電話也沒接，禹真終於決定去找媽媽。

靈鸞宮外面滿滿是人，似曾相識的景象讓禹真感到不妙，她愣愣站在廟埕，看著出出入入的警察。

「阿真！」

突然被擁進懷裡，她發現是秋貴姨婆。

「妳媽媽在醫院，先來姨婆家吃飯吧。」

「不要。」禹真顫聲說，「我要去找媽媽。」

後來禹真還是沒有去醫院，因為跟媽媽聯絡上的時候，媽媽說要把阿舅送回家了，禹真在阿舅家等到他回來，阿舅身上的傷口都被擦乾淨，但變形的頭骨沒辦法復原，人也永遠不會再回來了。

隔天禹真才聽說志錚哥哥在警察局，他渾身是血在海邊遊蕩，嘴裡唸唸有詞，村人越靠近，他越往海邊走，半個人沉入海中朱紅，後來被警察強制押走，禹真很想知道在她轉身離開地下室後，靈鸞宮裡到底發生什麼事？但沒有人聽懂謝志錚在說什麼。

當時在場的第三人涂金隆，現在還躺在加護病房，但警察還是靠現場判斷，謝志錚拿廟裡的法器毆打蔡坤水與涂金隆，然後留下兩人逃亡。

禹真沒有再見過志錚哥哥，但她事後打電話給家瑋哥，家瑋哥說他跟朋友假裝鬧事到一半，金隆伯的手機忽然響了，但他按掉電話，就直接往後殿跑，家瑋哥愣了一下，才叫朋友先待在正殿，自己跟過去看，可是辦公室和後殿大門都上鎖，裡面也都沒看到人，家瑋哥等了一陣子，就先讓不耐煩的朋友回去。

家瑋哥後來自己去查看後門，但也是鎖著，等他回廟口時，正好看到志錚哥哥走出來，他叫了幾聲，但志錚似乎沒有聽見也沒有看到，一個勁往海邊走去。

「那個時候開始有人圍上來，我本來想直接從後面撲倒他，好好問個明白，但是看到那麼多血，我覺得太不對勁，所以隨便拉一個路人，叫她盯著志錚，我自己跑進去靈鸞宮。」

何家瑋沒有細講他在後殿看到的情景，禹真也沒有問。

「你覺得……是志錚哥哥嗎？」

「我不知道。」何家瑋立刻回答，「不過蔡伯伯和金隆伯都受重傷，地上又只有一把染血的鯊魚劍，很難想像是他們兩個互相打傷。」

「那，你覺得志錚哥哥……為什麼？」禹真強迫自己問出這個問題。

這次何家瑋沉默一陣，才說：「不知道他有沒有跟妳說，他好像有一點誤會。」

禹真沒有想到志錚把那些瘋狂的猜想也告訴家族以外的何家瑋，但至少何家瑋沒有跟著志錚一起懷疑阿舅和媽媽，讓禹真稍微好過點。

再怎麼說，都不必要做到這樣吧？志錚哥哥會為宜春阿姨難過，就沒想過其他會為阿舅難過的人嗎？有什麼事非得這樣解決？

長賀阿舅當天晚上就回來，但沒有跟其他親戚碰頭，媽媽和阿妗還在一團混亂中時，志錚哥哥就被帶離下庄，也沒有來過阿舅的靈堂。

禹真模模糊糊聽到下庄的大人們在討論事件後續，但總是在她面前突然住嘴，她還是慢慢拼湊出，志錚哥哥失蹤後，長賀阿舅和瑜萍阿妗從家瑋哥口中問到他去了靈鷺宮，他們有來問金隆伯，但金隆伯只告訴他們那天早上的鞭炮事件，派出所的警察在附近問過很多人，都沒個結果，長賀阿舅提出要到廟裡找，但跟警察講了幾次沒有下文，直到事件發生。

媽媽也有去派出所做筆錄，雖然她回來後什麼都不說，禹真知道警察懷疑金隆伯把志錚哥哥關起來，所以調查跟廟裡關係比較深的人是不是知道什麼線索，也許這就是村人不在禹真面前討論的原因，可以想得到他們都說些什麼話。

長賀阿舅大概也覺得金隆伯是自作自受吧？說不定他連坤水都懷疑，因為就連重禧阿叔都沒有來看過坤水，蔡家和阿剩姑婆那邊的關係，可能就到此為止了。

禹真試著打過志錚的手機，如同預期般打不通，老實說讓她鬆一口氣。

昨天晚上，禹真鼓起勇氣問瑞笙姊姊，志錚哥哥後來的狀況聽說他被懷疑有精神方面的問題，目前住院鑑定中，瑞笙打算這個週末去醫院看他。

「需要跟他說些什麼嗎？」瑞笙平淡地問。

禹真想了很久，還是請瑞笙姊姊再等等，想到的時候會告訴她，可是直到現在跪坐在法會中，有大把時間思考時，她還是不知道該對志錚哥哥說些什麼。

矮個子的少女拿下棕色毛氈帽，撫平同樣色系的法蘭絨百褶裙，終於按下病房的電鈴。

「請問是誰的家屬？」對講機很快傳出年輕男性制式化的聲音。

少女踮起腳尖，向著對講機說：「我是謝志錚先生的同學，想要進去看他。」

病房的大門自動開鎖，一個高大的護理師出來，領著少女走過醫院長廊，來到會客室，在封閉的建築中，會客室有難得明亮的八角窗，淺綠色的塑膠桌椅，桌上擺的是粉紅色人造玫瑰。

少女在桌邊等了一陣子，才見到同一個護理師領著謝志錚過來。

「早安。」少女見到同學時開口，就像每一個在學校的早晨。

「瑞笙。」志錚叫出她的名字，他穿著淺藍格紋睡衣，但看起來很有精神。

「你們慢慢聊。」護理師說，「有什麼事的話，牆上有叫人鈴。」

「謝謝。」宋瑞笙向離去的護理師欠身，護理師關上會客室的門，但延伸整個牆面的長窗能清楚看到走廊上來來去去的工作人員和其他病人。

「社長，想不到妳是一個人過來。」

瑞笙回頭面對志錚：「研靖他們明天才要過來，而且他們也沒找我。」

志錚點頭：「也好，我有些事想跟妳說。」

瑞笙覺得自己猜得到志錚有什麼話寧可告訴自己，而非班上比較熟的幾個男生，如果是這樣的話，瑞笙也有相同的事想說，但她不能確定自己是否正確，所以只回答：「你講吧。」

「妳有聽說，那之後的事吧？」

「在你告訴我要去阻止送肉粽之後嗎？」瑞笙反問，看到志錚點頭後，她繼續說，「禹真有跟你說，因為你沒來學校，我請她去廟裡找你，你說從送肉粽那天就被廟公關起來，你們遇到一個親戚說要幫忙處理這件事，但在禹真先走之後，你毆打那個親戚和廟公，造成一死一傷。」

「他們真的把我姑姑關起來。」志錚看著瑞笙的眼睛，「還有阿嬤和我，就像我們推論的一樣，我沒有成功阻止儀式，反而被抓起來，可能他們覺得我在那個時候消失，可以推給偷看送肉粽吧？我一直以為一切都是涂金隆搞的鬼，想不到真正主導的人是我伯伯。」

「是伯父告訴你的嗎？」瑞笙緩緩發問。

「對。」志錚答得斬釘截鐵，「他親口威脅我，不配合留在廟裡做事，就要把我綁起來，而且說我叔叔、嬸嬸之前也默許他們帶走姑姑，不會來找我。」

「你是為了逃走，所以打他們嗎？」瑞笙又問。

「嗯。」這一次志錚沒有回答那麼迅速，他頓一會兒，才又說，「其實我不太確定那時候發生的事，我……」

瑞笙和志錚的視線交會，她覺得志錚瞬間退卻了。

「你怎麼了？」瑞笙問完，自己覺得有點後悔，她想聽志錚的話，但不曉得怎麼讓他知道。

志錚的視線飄開，似乎很遲疑，瑞笙耐心等待他的決定，見他飄開的焦點停駐在虛空中，神情又專注得不像在發愣，良久後抬頭面對瑞笙：「我接下來要講的事都是真的，不管妳相不相信，請妳聽完，好嗎？」

「好。」瑞笙點頭，同時鬆一口氣。

志錚深呼吸後，開始說：「我之所以被留在靈鸞宮裡，是因為他們認為我可以起乩，我們當初推測乩身的傳承和精神病遺傳有關，對吧？所以我被帶來這裡治療。」

「你覺得自己……」

「我真的聽到某些聲音。」志錚說得很急，像是怕被打斷，或是擔心自己停下來，「她自稱是靈鸞宮供奉的定海夫人，當年被迫成為平定風浪的祭品，剛剛說我不太確定那時候發生了什麼事，因為是她在……『操作』我。」

瑞笙覺得志錚的視線緊揪著自己，彷彿挑釁。

「我不是說我沒有責任，因為是我自己讓給她『操作』。」志錚又補充，「感覺有點像作夢，妳可能對一個畫面、一個聲音有很鮮明的印象，但整個前因後果很模糊。」

「你有跟醫生說過這些事嗎？」瑞笙問。

志錚點頭。

「那醫生怎麼說呢？」

「醫生很詳細問我有關她的事情，跟我討論她可能是什麼。」志錚苦笑，「我聽得懂醫生的意思，她想讓我覺得，春並不存在。」

「春？」瑞笙不解發問。

志錚突然有點狼狽，他移開視線，然後說：「那個……定海夫人的名字。」

「知道了，然後呢？」瑞笙面不改色繼續問。

「然後什麼？」志錚有點茫然。

「你跟醫生討論過之後的想法呢?」
「嗯……」志錚垂頭,似乎在思索什麼,然後他輕聲說,「我答應她了。」
「醫生嗎?」瑞笙覺得這是合理的推論,但不知為何很遲疑。
「啊,沒事。」志錚笑著搖頭,「總之醫生有開藥給我吃,這應該就是她的結論吧。」
瑞笙想知道志錚自己的想法,但她不覺得志錚打算回答,便轉移話題:「警察那邊怎麼說?」
「應該是會用傷害致死起訴。」志錚平淡地說出專有名詞,「我爸媽說他們跟律師討論的結果,想要主張我是正當防衛,盡可能把精神鑑定當最後一步。」
「他們認同醫師的判斷,還是只把鑑定當一步棋?」
志錚聳肩:「爸爸沒有很意外的樣子,他甚至有一點……該說是絕望嗎?媽媽一直認為我是被嚇到了,但她好像也覺得,吃藥說不定就會好。」
「嗯。」瑞笙點頭,她感覺到時機,「那麼,你吃了這幾天的藥,感覺如何?」
志錚搖頭,他看著瑞笙,時間長到瑞笙主動別開眼睛,忽然聽見他說:「妳其實不相信吧?」
瑞笙抿唇,然後回答:「我還沒有足夠判斷的依據。」
「也是呢。」志錚喃喃說。
「如果說,我是失明的,就永遠不會知道你說的顏色存在或不存在。」瑞笙突然說,「假使有一顆藥丸，吃了可以讓你變得跟我一樣，你永遠不會知道是對世界錯誤的認知被治療好了，還是失去能感知顏色的視覺。」

「就算我被這裡治好了，她還是可能存在？」

「嗯。」瑞笙點頭，她看著志錚，很嚴肅地看著，儘管她本來就不常說笑，還是想讓志錚感受到格外的認真，「我不是醫生，就算醫生也未必知道能不能治療，但如果她讓你困擾，這是可以嘗試的途徑。」

志錚的嘴角扭曲，像是要哭出來一樣，但眼角卻帶著溫暖的笑意。

瑞笙覺得胸口很緊，她奮力說出輕描淡寫的一句話：「不管怎樣，你還欠我一杯唐頓莊園。」

「是啊，我也答應妳了。」這麼回答的志錚眼神卻飄向虛空。

他們沉默了一陣，直到另一個護理師過來提醒志錚參加職能治療活動的時間快到了，瑞笙匆匆起身，向志錚道別後，卻在踏出會客室前被叫住。

「瑞笙。」這時的志錚看起來也格外嚴肅，雖然他同樣是個特別認真的人，「不論是為了誰，我答應過的事，說到做到。」

「好。」瑞笙同樣點頭承諾，「我會等著。」

會客室的門關上，瑞笙在窗前戴上帽子，然後消失在窗框外。

（全文完）

【後記】

我很喜歡恐怖故事，但其實很少被嚇到，我享受的是營造恐怖所必須的浪漫，無論是日式宅邸中會長髮的市松娃娃、亂葬墓園裡漂浮的幽靈、廢棄精神病院遺留的禁閉室……這些浪漫讓我著迷不已。

著名的日本恐怖遊戲系列《零》，就是把這種浪漫應用到極致的作品，每一代核心劇情都是以人獻祭的儀式，因祭品的不甘而失敗，導致黃泉之門打開、陰陽界線消失，獻祭儀式的殘酷襯托巫女心靈的痛苦，成就難忘的浪漫，在故事的層次讓我十分嚮往，不過這樣屬於日本的故事在台灣是不可能的，黃泉之門有什麼了不起？這裡可是鬼門年年開、一開就整個月的鬼島呢！

講到這裡，得先提一下Chazel先生在網路上發表的極短篇小說〈操兵營〉，文中爸爸同樣的行為，被廟宇承認就是起乩，不被承認就是起瘋，讓我震撼不已，於是當我聽聞「送肉粽」這個充滿浪漫色彩的傳統，為傳說尋找背後的故事時，遺留在我心中的感觸便得到土壤萌發。

有核心想法後，還得以聲、色、味、觸打造一個故事的氛圍，故事發生的村落雖然設定在彰化，但並沒有以現實中任何一個鄉鎮為藍本，蔡家與定海夫人的傳說也都是虛構，而送肉粽、訓乩等習俗，和思覺失調症的知識，則是真實的，這應該是我查過最多資料的一篇小說，大部分源自宗教個人的部落格、廟宇官方網站、網路新聞、維基百科，還有幾篇民俗相關論文、全國宗教資訊網，以及粗淺的大學課程。

在我的想法中，民俗源自於人類，所以同時表現人類的美好與醜陋，而美與醜的標準因人而異，把故事看完的你，應該對下庄、蔡家人與謝志錚的行動，也有自己的評價；至於先看後記的你，放心，繼續看完，不會雷你。

這個故事的誕生，除了Chazel先生以外，還要感謝把每年只回去幾天的我也當作同鄉的表哥，幫我看稿的宅鴉、筆尖的軌跡、媽媽、天野翔和神泉峻，一起激盪想名字的微混吃等死，和許許多多這段時間陪伴的朋友，充滿熱情的喬齊安編輯，以及秀威出版社多位我不知道名字的同仁；而故事的完成，則仰賴看完／即將開始看的你。

千晴

釀冒險22　PG1917

縛乩：送肉粽畸譚

作　　者　千　晴
責任編輯　喬齊安
圖文排版　詹羽彤
封面設計　楊廣榕

出版策劃　釀出版
製作發行　秀威資訊科技股份有限公司
114 台北市內湖區瑞光路76巷65號1樓
電話：+886-2-2796-3638　傳真：+886-2-2796-1377
服務信箱：service@showwe.com.tw
http://www.showwe.com.tw
郵政劃撥　19563868　戶名：秀威資訊科技股份有限公司
展售門市　國家書店【松江門市】
104 台北市中山區松江路209號1樓
電話：+886-2-2518-0207　傳真：+886-2-2518-0778
網路訂購　秀威網路書店：https://store.showwe.tw
國家網路書店：https://www.govbooks.com.tw
法律顧問　毛國樑　律師
總 經 銷　聯合發行股份有限公司
231新北市新店區寶橋路235巷6弄6號4F
電話：+886-2-2917-8022　傳真：+886-2-2915-6275

出版日期　2018年4月　BOD一版
定　　價　250元

國家圖書館出版品預行編目

縛乩：送肉粽畸譚 / 千晴著. -- 一版. -- 臺北
市：釀出版, 2018.04
面； 公分. --（釀冒險 ; 22）
BOD版
ISBN 978-986-445-251-4（平裝）

857.7 107002871

讀者回函卡

感謝您購買本書，為提升服務品質，請填妥以下資料，將讀者回函卡直接寄回或傳真本公司，收到您的寶貴意見後，我們會收藏記錄及檢討，謝謝！

如您需要了解本公司最新出版書目、購書優惠或企劃活動，歡迎您上網查詢或下載相關資料：http:// www.showwe.com.tw

您購買的書名：________________________________

出生日期：________年________月________日

學歷：□高中（含）以下　□大專　□研究所（含）以上

職業：□製造業　□金融業　□資訊業　□軍警　□傳播業　□自由業

□服務業　□公務員　□教職　□學生　□家管　□其它_____

購書地點：□網路書店　□實體書店　□書展　□郵購　□贈閱　□其他

您從何得知本書的消息？

□網路書店　□實體書店　□網路搜尋　□電子報　□書訊　□雜誌

□傳播媒體　□親友推薦　□網站推薦　□部落格　□其他__________

您對本書的評價：（請填代號　1.非常滿意　2.滿意　3.尚可　4.再改進）

封面設計____　版面編排____　內容____　文／譯筆____　價格____

讀完書後您覺得：

□很有收穫　□有收穫　□收穫不多　□沒收穫

對我們的建議：________________________________

____

____

____

請貼
郵票

11466
台北市內湖區瑞光路 76 巷 65 號 1 樓
秀威資訊科技股份有限公司 收
BOD 數位出版事業部

（請沿線對折寄回，謝謝！）

姓　　名：________　年齡：______　性別：□女　□男

郵遞區號：□□□□□

地　　址：________

聯絡電話：(日)________ (夜)________

E-mail：________